हिन्द पॉकेट बुक्स

काया के दामन में

अमृता प्रीतम पंजाबी के सबसे लोकप्रिय लेखकों में से एक थी। अमृता प्रीतम का जन्म 1919 में गुजरांवाला पंजाब (भारत) में हुआ। उनका बचपन लाहौर में बीता और शिक्षा भी वहीं हुई। किशोरावस्था से उन्होंने लिखना शुरू किया। उन्होंने सौ से अधिक कविताओं की किताब लिखी, साथ ही फिक्शन, बायोग्राफी, आलेख और आटोबायोग्राफी लिखकर साहित्य में नया मुकाम हासिल किया। इनकी तमाम पुस्तकों का कई भारतीय भाषाओं सहित विदेशी भाषाओं में भी अनुवाद हुआ। अमृता प्रीतम पहली महिला लेखिका हैं, जिन्हें 1956 में साहित्य अकादमी पुरस्कार मिला। 1982 में उन्हें *कागज ते कैनवास* के लिए ज्ञानपीठ पुरस्कार मिला। 2004 में पद्मविभूषण भी प्रदान किया गया।

काया के दामन में

अमृता प्रीतम

हिन्द पॉकेट बुक्स
पेंगुइन रैंडम हाउस इम्प्रिंट

हिन्द पॉकेट बुक्स

यूएसए। कनाडा। यूके। आयरलैंड। ऑस्ट्रेलिया। सिंगापुर
न्यू ज़ीलैंड। भारत। दक्षिण अफ्रीका। चीन

हिन्द पॉकेट बुक्स, पेंगुइन रैंडम हाउस ग्रुप ऑफ़ कम्पनीज़ का हिस्सा है,
जिसका पता global.penguinrandomhouse.com पर मिलेगा

पेंगुइन रैंडम हाउस इंडिया प्रा. लि.,
चौथी मंजिल, कैपिटल टावर -1, एम जी रोड,
गुड़गांव 122 002, हरियाणा, भारत

पेंगुइन
रैंडम हाउस
इंडिया

प्रथम संस्करण हिन्द पॉकेट बुक्स द्वारा 2000 में प्रकाशित
यह संस्करण हिन्द पॉकेट बुक्स में पेंगुइन रैंडम हाउस द्वारा 2022 में प्रकाशित

10 9 8 7 6 5 4 3 2

ISBN 9789353494896

मुद्रकः रेप्रो इंडिया लिमिटेड

www.penguin.co.in

FSC www.fsc.org MIX Paper from responsible sources FSC® C047271

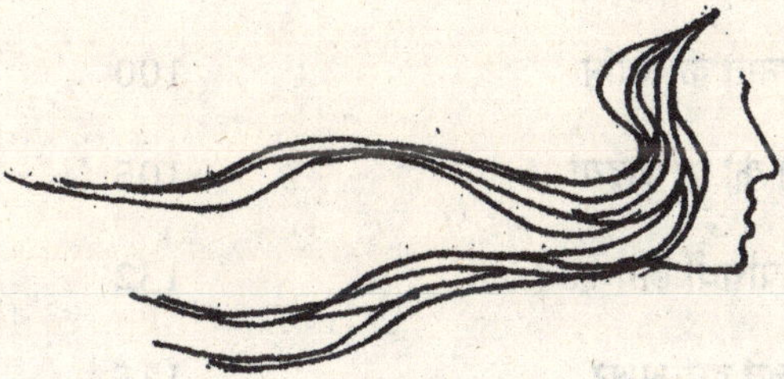

काया के दामन में–1

सूफ़ी चिंतन का हर मुकांम काया के दामन में लिपटा हुआ है– तलब भी, इश्क़ भी, मारफ़त भी, बेनियाज़ी भी, और कुल आलम की यक्ताई को देखने वाला तौहीद का मुकाम भी और फिर नूरे-हैरत का मुकाम भी...

इसमें फ़करु फ़नाह की बात मैं नहीं करूंगी, जो दीदारे ख़ुदा का मुकाम है, क्योंकि उस वसल के मुकाम पर देखने वाला, दिखाई देने वाले में समा जाता है–और तब काया नहीं रहती। आकार निराकार हो जाता है।

निराकार होने से पहले जब तक हम आकार को लिए हुए हैं– उसमें चेतना की यात्रा किन राहों से गुज़रती है, किन रंगों में खिलती है, उसकी बात करते हुए हमारे अक्षर ख़ामोश भी होते हैं–तरंगित भी होते हैं...

एक प्राचीन गाथा कहती हूं–कि अत्रि ऋषि जब अग्निवेश को काया तंत्र का रहस्य बता रहे थे, तो उन्होंने कहा–"कालगणना से चार युग कहे जाते हैं, वही चार युग इंसान की काया में होते हैं..."

जन्म के साथ इंसान जो मासूमियत लिए हुए होता है, एक बीज

से फूल की तरह खिलती हुई मासूमियत, वो समय सतयुग होता है...

अग्निवेश खिले हुए मन से ऋषि की ओर देखने लगे तो ऋषि बोले–"इंसान की जवानी जो सपनों में सितारों की गलियों में चली जाती है, वो त्रेता युग होता है... "

अग्निवेश का चेहरा गुलाबी-से रंग का हो गया तो ऋषि मुस्कुराए, कहने लगे–"और जब उम्र पक जाती है, मन-मस्तक से ज्ञान की लौ झलकने लगती है, तो वही द्वापर युग होता है..."

इतना कहने के बाद ऋषि ख़ामोश हो गए तो अग्निवेश ने पूछा–"महाऋषि! फिर कलियुग कौन-सी अवस्था होती है?"

उस समय अत्रि ऋषि ने कहा–"तन और मन में जब विकार आते हैं, काम, क्रोध, अहंकार, ईर्ष्या और भय पैदा होते हैं–वही कलिकाल की बेला है।

काया के दामन में क्या-क्या सम्भावनाएं हैं, ऊर्जा के कितने रंगे हैं और कितनी राहें हैं, कुछ इसी की बात करने के लिए कहना चाहती हूं कि हमारे चारों तरफ़ लूटपाट और जबर-ज़नाह की जो घटनाएं हो रही हैं, खेती को खा रही बाढ़ जैसीं, जहां समाज के नाम पर तन बिकते हैं, मज़हब के नाम पर मन बिकते हैं, ये सब कलिकाल की बेला भी काया के दामन में है, लेकिन बाक़ी युगों की सम्भावना भी काया के दामन में होती है...

ये सब युग बीज रूप में सबके अंदर होते हैं, लेकिन चेतना एक ही धूप है, एक ही पानी, जिससे ये बीज खिलते हैं, और काम-ऊर्जा जैसी शक्ति परिवर्तित होकर राम-ऊर्जा बनती है...

कहना चाहूंगी–अर्जित ज्ञान से भरे हुए हाथों को जिसने अंतर अनुभव की नदी में धो लिया–वही हाथ निर्मल होकर अपने शक्तिकणों से सतयुग की रचना करते हैं...

कायनात के शक्ति-कणों को जिसने किसी आकार में पहचान लिया, मुहब्बत और इबादत जिसके लिए एक-सी हो गई, जन्म और मौत

भी उसकी सीमा नहीं बन सके, वही काया के दामन में पड़ा हुआ त्रेता युग है...

और काया के दामन में जब अनंत शक्ति के कुछ झांवले से उठने लगते हैं और बहती हुई पवन भी बांस के टुकड़े जैसी काया में कुछ स्वर जगा देती है–वही द्वापर युग है...

कलिकाल की बेला में मूर्छित-सा पड़ा हुआ काया का दामन क्या- क्या सम्भावनाएं लिए हुए है, कुछ इसी की बात कहने के लिए– काग़ज़् के ये टुकड़े आपके सामने हैं...

काया के दामन में-2

दुनिया में जो लोग जहाननिगारी का इल्म रखते हैं, कास्मोग्राफ़ी का, उनमें से एक लिज़ ग्रीन है, जिसने यूनान के मिथक को और सितारों कें इल्म को मिलाकर कई नए जाविए पेश किए हैं। वह एक कहानी सामने रखती है–

"एक राजा था, जिसकी कोई औलाद नहीं थी, लेकिन जब जवानी को धूप उतरने लगी तो उसके घर एक बेटी ने जन्म लिया। बच्ची का सौंदर्य देखने वाला था। रेशम की तार जैसी बच्ची को गोद में लेते हुए राजा के मन में आया कि एक बहुत बड़ी दावत की जाए, और उस दावत में जो वक़्त की तेरह ज़हीन स्त्रियां मानी जाती हैं, उनको निमंत्रित किया जाए।

"राजा के मन में था कि वह सोने की थालियों में भोजन परसेगा। वे तेरह ज़हीन स्त्रियां प्रसन्न होंगी और बच्ची को अपना-अपना आशीर्वाद देंगी। और इस तरह उसकी बच्ची दुनिया की सबसे ज़्यादा खुशनसीब बच्ची होगी...

"लेकिन राजा ने पाया कि उसके ख़ज़ाने में सिर्फ़ बारह सोने की थालियां हैं, तेरह नहीं हैं। और उसने सोचा कि वह सिर्फ़ बारह दानश्वर स्त्रियों को निमंत्रण देगा, एक को नहीं देगा...

"दावत हुई, महल को तरह-तरह के फूलों से सजाया गया। तरह- तरह की बत्तियां जलाई गईं। बारह आसन मोतियों से सजाए गए और बारह सोने की थालियों में तरह-तरह का भोजन परस दिया गया...

"वे बारह दानश्वर स्त्रियां आई, और राजा ने जो स्वागत किया, वे बहुत खुश हुईं। सबने बारी-बारी से बच्ची को गोद में लिया और एक-एक वस्फ़ का एक-एक आशीर्वाद दिया। किसी ने कहा–यह बच्ची दुनिया की एक ज़हीन औरत होगी। किसी ने कहा–यह बच्ची चित्रकला की माहिर होगी। किसी ने बच्ची को बेमिसाल ख़ूबसूरत होने का वरदान दिया। किसी ने कहा–इस बच्ची के पास अपार दौलत होगी। किसी ने उसे संगीत की ज्ञाता होने का वरदान दिया, किसी नें नृत्य-कला में माहिर होने का...

"राजा यह सब देखकर खुशी से झूम रहा था, और बहुत क़ीमती वस्त्र और मोतियों के हार देकर उन बारह अतिथियों को विदा कर रहा था, जब गुस्से से भरी हुई वह तेरहवीं स्त्री आई, जिसे दावत का निमंत्रण नहीं दिया गया था, और उसने श्राप दे दिया कि जब बच्ची जवान होगी, उसके पैर में एक ज़हरीला कांटा उतर जाएगा, जिससे उसकी मौत हो जाएगी..."

लिज़ ग्रीन ने इस तेरहवीं शक्ति को ज़िंदगी का एक पहलू कहा है, जिसके सामने एक बेकसी के अलावा, कुछ भी इंसान के हाथ में नहीं रहता...

और सितारों के इल्म की रोशनी में, लिज़ ग्रीन ने बारह सोने की थालियों को सूर्य-विज्ञान के बारह महीने कहा है।

एक बरस में सूरज के हिसाब से बारह महीने होते हैं, लेकिन चंद्रमा के हिसाब से तेरह महीने होते हैं...

सूरज बाह्यमुखी शक्ति का प्रतीक है और चंद्रमा अंतर्मुखी शक्ति का। लिज़ ग्रीन का कहना है कि राजा ने एक मर्द होने के नाते सूर्य-शक्ति को सामने रखा और चंद्र-शक्ति को भूल गया।

सूर्य-शक्ति मर्द-शक्ति गिनी जाती है और चंद्र-शक्ति स्त्री-शक्ति। यह दोनों शक्तियां–स्थूल-शक्ति और सूक्ष्म-शक्ति की प्रतीक हैं।

जिस शक्ति को भुला दिया गया, वह अंतर की सूक्ष्म-शक्ति थी–नफ़सी ताक़त, साइकिक ताक़त।

अंतर की सूक्ष्म चेतना, जाने कितने जन्मों से इंसान के भीतर पड़ी पनपती रहती है। यह अपने करम से भी बनती-बिगड़ती है और पिता-पितामह के करमों से भी। इसलिए ज़ाती चेतना को भी झेलती है, सामूहिक चेतना को भीं। सदियों की संस्कारित चेतना भी इसी में लिपटी रहती है। और यह धागे कहीं से भी पकड़कर अलग-अलग नहीं किए जा सकते।

इन्हीं उलझे हुए तारों को 'क़िस्मत' का नाम दिया गया है। यह साइकिक शक्ति कभी इस तरह बेलगाम होकर सामने आती है कि हर तर्क उसे देखता रह जाता है।

हमारे देश में, कई जातियों में, एक बड़ी रहस्यमय बात कही ज़ाती है कि हर बच्चे के जन्म के समय कहा जाता है, बिध माता! तुम रूठकर आना और मानकर जाना!

इसका अर्थ यह लिया जाता है कि बिध माता, क़िस्मत को बनाने वाली शक्ति, जब अपने प्रिय से रूठकर आती है, तो बहुत देर बच्चे के पास बैठती है और आराम से उसकी क़िस्मत की लकीरें बनाती है।

मैं समझती हूं कि यह बात भी गहरे प्रतीक लिए हुए है, जिसमें बिध माता जब अपनी अंतर शक्ति से रूठकर आती है, अपनी सूक्ष्म शक्ति से रूठकर, तो किसी बच्चे के जन्म के समय उसके सामने केवल एक काया का जन्म होता है। सिर्फ़ फितरी पहलू। लेकिन जो वक़्त के ऋषि-योगी थे, उन्होंने मानसिक शक्ति की अहमियत को भी पहचान लिया था, नफ़सी शक्ति की अहमियत को भी। इसीलिए उन्होंने बिध माता से विनती की कि बिध माता! भले ही रूठकर आना, पर मानकर

जाना! यानी अपनी अंतर शक्ति से गुस्सा भुला देना और बच्चे की तक़दीर में उसकी नफ़सी शक्ति को पहचान लेने का वरदान लिख देना। बच्चा केवल फ़ितरी शक्ति से ही वाकिफ़ न हो, अपनी साइकिक शक्ति से भी वाकिफ़ हो!

यह वैज्ञानिक हक़ीक़त सामने है कि मर्द की स्थूल काया मर्द की होती है, लेंकिन उसकी सूक्ष्म काया स्त्री-शक्ति होती है। इसी तरह स्त्री की स्थूल काया स्त्री की होती है और उसकी सूक्ष्म काया मर्द-शक्ति होती है।

बिध माता का अपने प्रिय से रूठकर आने का अर्थ है कि उस समय वह अपनी सूक्ष्म शक्ति को भूलकर आई है।

इतिहास की कितनी ही गाथाएं हैं, जो वक़्त पाकर बन-बिगड़ गई हैं। लोगों ने इसे जाने कब लड़के और लड़की के जन्म के साथ जोड़ दिया। समझा जाने लगा-कि बिध माता, प्रिय से रूठकर आए, तो उसे लौटने की जल्दी नहीं होती, और वह आराम से बैठकर लड़का तराशती है। लेकिन जब लौटने की जल्दी होती है, वह जल्दी से लड़की बनाकर चली जाती है।

यह इस गाथा की बिगड़ी हुई सूरत है। जब मान लिया गया कि बिध माता बच्चे का जन्म हो जाने के बाद आती है, उसकी क़िस्मत लिखने के लिए, तो लड़के का जन्म हो या लड़की का, यह सवाल ही पैदा नहीं होता।

मैं समझती हूं–बिध माता की यह गाथा बहुत गहरे अर्थों में है कि वह जब किस्मत की लकीरें बनाने लगे, तो साइकिक शक्ति को न भूल जाए।

और लगता है कि पूरब की यह गाथा, पश्चिम की उस गाथा से जुड़ी हुई है कि सूर्य-ज्ञान के सामने चंद्र-ज्ञान को भुलाया नहीं जा सकता। इन दोनों गाथाओं में, फ़ितरी शक्तियों में साइकिक शक्तियों को मिलाने का संकेत दिया गया है, जिसके बग़ैर महज़ फ़ितरी शक्तियां ज़िंदगी की त्रासदी बन जाती हैं। पश्चिम की गाथा में जो तेरहवीं थाली परसने का इशारा है, ठीक वही पूरब की गाथा में साइकिक शक्तियों से न रूठने का संकेत है।

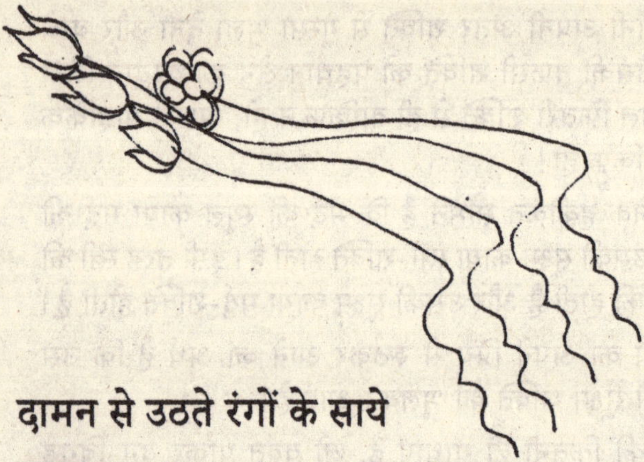

दामन से उठते रंगों के साये

एनी बिसेंट और सी.डब्ल्यू. लैंड बीटर ने 1901 में एक बड़ी क़ीमती किताब लिखी थी थॉट फ़ारम्ज़! जिसके तीन बुनियादी पहलू हैं–1. ख़याल की क़िस्म उसका रंग मुकर्रर करती है। 2. ख़याल का स्वभाव उसका आकार तय करता है। 3. ख़याल की पुख़्तगी आकार को स्पष्टता देती है।

हर ख़याल का अपना रंग होता है, उसका ब्यौरा देते हुए इस किताब ने काले रंग को नफ़रत का रंग कहा है। हर तरह का लाल रंग क्रोध का संकेत है। ज़ालिमाना क्रोध, गूढ़े ख़ाकी बादलों से चमककर निकलते लाल रंग से ज़ाहिर होता है। बहुत गहरा लाल, जिसे ड्रैगन के ख़ून का रंग कहा जाता है, वहशियाना रुचि दर्शाता है। गहरा ख़ाकी स्लेटी मतलबपरस्ती का रंग है। गहरा और भारी स्लेटी रंग उदासी और उदासीनता ज़ाहिर करता है। पीला-सा स्लेटी रंग ख़ौफ़ दर्शाता है। हरी झलक वाला स्लेटी रंग किसी धोखे की सूचना देता है। जबकि ख़ाकी, हरे व नुकीले रंग की लाल धारियां ईर्ष्या दर्शाती हैं।

हरा रंग हमेशा वक़्त के प्रयोग को रुचि का संकेत होता है, पर निम्न स्तर पर इंसान की मतलबपरस्ती का सूचक हो जाता है तथा शफ़्फ़ाफ़ होकर उसकी तगड़ी इच्छा का सूचक। और यही जब बहुत चमकीला

हो जाता है, हमदर्दी का रूहानी पहलू दर्शाता है!

गुलाबी व किरमिजी रंग मोह-प्यार को दर्शाते हैं, पर अगर इनमें ख़ाकी-स्लेटी धब्बे हों तो यह मतलबपरस्ती का संकेत हो जाते हैं। जबकि साफ़ व हलका गुलाबी रंग मूलतः पाक मुहब्बत का संकेत होता है। अगर इसमें नीलिमा आ जाए तो श्रद्धा का संकेत हो जाता है।

गहरा संतरी रंग स्व:विशवास की रुचि का सूचक है और पीले रंग का हर पहलू बौद्धिकता का संकेत है। यह रंग अगर चमकता न हो तो किसी ग़र्ज़ का सूचक हो जाता है, पर शफ़ाफ़ हो तो उच्च स्तर का हो जाता है। यही जब चमकीला हो जाए तो रूहानी मार्ग का रंग हो जाता है।

नीले रंग के अलग-अलग पहलू आध्यात्मिक अहसास को दर्शाते हैं, जबकि गहरा ख़ाकी-नीला किसी ग़र्ज़ में से पैदा हुई श्रद्धा का संकेत होता है, सलेटी-नीला डरे हुए मन की श्रद्धा का संकेत और ख़ूबसूरत हलका नीला ख़ुदाई-इश्क़ का संकेत हो जाता है। इसमें से निकलते सुनहरी कण मन की बहुत ऊंची अवस्था को दर्शाते हैं।

यह किताब पूरी-की-पूरी उस खोज को अर्पित है जिसमें यह रंग आकारमय होते हैं। हर ख़याल का वसफ़ अपना रंग चुनता है, और वे रंग कई सूरतों में आकार लेते हैं।

सूक्ष्म ऊर्जा

सूक्ष्म ऊर्जा की बात करते रजनीश कहते हैं, “आप कांच का एक बड़ा-सा टुकड़ा लेकर, उसके ऊपर रेत बिछा दें और कांच के नीचे से ॐ का उच्चारण करें, ऊंचे-ऊंचे, तो कांच के ऊपर बिछी हुई रेत पर एक ख़ास तरह की तरंगें बन जाएंगी। इसी तरह राम या कोई अन्य प्यारा- सा लफ़्ज़ कहने पर भिन्न-भिन्न प्रकार की तरंगें बन जाएंगी। यह लफ़्ज़

का प्रभाव होगा।

"अगर आप प्यारे-से लफ़्ज़ की जगह, कुछ गालियां बोलने लग जाओ, तो रेत की बिछाई पर बड़ी टेढ़ी-मेढ़ी तरंगें बिछ जाएंगी।"

साउंड एनर्जी की बात करते वे थॉट एनर्जी की बात करते हैं– और भी सूक्ष्म ऊर्जा की आप जो भी सोच रहे हैं, जिस सोच को अभी अलफ़ाज़ नहीं मिले, उसकी तरंगें और भी शक्तिशाली होती हैं, जिसकी शक्ति से चारों ओर विशेष तरह की ध्वनि प्रसारित हो जाती है :

"किसी ख़ास जगह पर खड़े होकर, किसी ख़ास इंसान को मिलकर, कभी अचानक उदास हो जाते हैं, या अचानक खुशी व शांति का आलम हम पर तारी हो जाता है, इसे समझने के लिए इस विज्ञान को समझना होगा–

"जो इंसान कई बरस तक साधना में जिया हो, चिंतनशील अवस्था में, उसका स्थान हज़ारों-लाखों बरस तक उसकी तरंगें देता रहेगा। उसकी समाधि के आसपास कई प्यारी घटनाएं घटती रहेंगी..."

पश्चिम का एक साइंसदान इसी काल में हुआ है, लैथब्रिज, जिसने सूक्ष्म ऊर्जा के सैकड़ों हवाले इकट्ठे किए थे। वह अपनी एक निजी घटना का ज़िक्र करता है, कि एक दिन वह और उसकी पत्नी मिनना छोटी-सी पहाड़ी पर गए थे, जहां लैथब्रिज तो पेड़ों-पत्तों की ख़ूबसूरती के स्कैच करता रहा, एक जगह बैठकर, पर उसकी पत्नी दूर-नज़दीक की ख़ूबसूरती को आंखों में उतारती, पहाड़ी पर घूमती रही। और वह जब अचानक पहाड़ी के एक किनारे की ओर गई, जहां से नीचे बहती नदी दिखाई देती थी, तो वह चीख़ मारकर पीछे की ओर दौड़ी। उसे लगा कि कोई चीज़ उसे पहाड़ी से नीचे कूदकर आत्महत्या करने के लिए कह रही है। इस वाक़या की तफ़्तीश करने पर लैथब्रिज को पता लगा कि उस क़स्बे के किसी बंदे ने ठीक उसी जगह से छलांग मारकर आत्महत्या की थी। यह मनफ़ी ताक़तों की तरंगें थीं, जो बरसों बाद भी वहीं हवा में खड़ी हुई थीं...

कोलिन विल्सन ने भी लैथब्रिज का बड़ा ज़िक्र किया है। उसने अपने पैंडुलम की मदद से सूक्ष्म तरंगों के दर नियत किए थे। मिसाल के तौर पर–सूर्य, रोशनी, आग और सच्चाई का दर दस इंच नापा था। धरती, ज़िंदगी, गरमाइश और बिजली का बीस इंच; पानी, चंद्रमा, आवाज़ और हाइड्रोजन का तीस इंच; और हवा, सर्दी, नींद, झूठ व मौत का चालीस इंच।

लैथब्रिज को एक बार एक म्यूज़ियम में रखे हुए वे पत्थर मिले, जो एक प्राचीन जंग में इस्तेमाल हुए थे, और उसने देखा कि ठीक चालीस इंच के फ़ासले से उसका पैंडुलम उन पत्थरों पर अंकित मौत की तरंगों का पता देता है।

उसने एक नदी के किनारे से साधारण पत्थर लाकर जब उनका मुआयना किया तो उसका पैंडुलम ख़ामोश था। फिर उसने उन साधारण पत्थरों को लेकर, गुस्से और नफरत से भरकर एक पहाड़ी से ज़ोर-ज़ोर से नीचे फेंका, तो उन पत्थरों पर वही तरंगें पैदा हो गईं, जो जंग में इस्तेमाल हुए पत्थरों पर थीं।

लेशिया

इंसान की जिज्ञासा आदिकाल से चली आई है। और वह पात्र भी हर काल में होते हैं, जो चेतना के रंगों व चिन्हों की रमज़ जानते हैं। एक प्राचीनकाल का हवाला देती हूं–

लंकापति राजा रावण ने जब अशवमेध यज्ञ पूरा कर लिया तो एक दिन उस समय के विद्वानों को बुलाया। वैद्यराज सुधनवा उस सभा के सभापति थे।

रावण ने सवाल किया–"मैंने अशवमेध यज्ञ पूरा कर लिया है, जानना चाहता हूं कि आपकी, महाविद्वानों की नज़र में उसकी क्या अहमियत है?"

वैद्यराज कहने लगे-""राजन्! मुझे लगता है कि अशवमेध यज्ञ के बाद आपकी वाणी में अहंकार का अंश आ गया है।"

रावण ने कहा–"आयुर्वेद के ज्ञाता! मेरे चिंतन में अहंकार नहीं है।"

वैद्यराज मुस्कुरा दिए, कहने लगे–"आयुर्वेद का ज्ञाता वह होता है, जो वाणी की तरंगों को समझ सकता है। जो मन की तरंगों को समझ सकता है, जो मस्तक की तरंगों को समझ सकता है। मैं आयुर्वेद का ज्ञाता हूं, इसलिए कह रहा हूं कि राजन! तुम्हारे मन-मस्तक व वाणी में अहंकार का प्रवेश हो गया है..."

ख़यालों के शक्ति-कण कैसे अलग-अलग रंगों को चुनते हैं, और वह कैसे करम में उतरकर आत्मा से जुड़ जाते हैं, इसका कुछ ज़िक्र जैन- चिंतन में भी मिलता है, और जो शक्ति उन्हें आत्मा से जोड़ देती है, उसे जैन-चिंतन ने बड़ा प्यारा नाम दिया है–लेशिया।

यही लेशिया आभा-मंडल पैदा करती है, जिसमें यह रंग आकारमय होते हैं। यह शुभ लेशिया भी होती है, अशुभ लेशिया भी, जो करम को लम्बे समय के लिए शक्तिवान कर देती है।

जैन-चिंतन ने शुभ लेशिया के लिए तीन लफ़्ज़ इस्तेमाल किए हैं– तेज़ लेशिया, पद्म लेशिया व शुक्ल लेशिया।

एनी बिसेंट ने अपनी किताब में ख़यालों की तरंगों के कई चित्र दिए हैं, और कई रंगीन चित्र भी, जिनके बारे में उसका कहना है कि धरती के रंग, उन अंबरी रंगों को पेश नहीं कर सकते, पर यह खोज का एक अहम क़दम है, कि जो एक अलग डाईमैंशन से देखा है, उसे तीन डाईमैंशन वाली धरती के रंगों में दिखा दूं।

"जब कोई साधना में उतरता है, तो जो पहला रंग उसे दिखाई देता है, वह गेरुआ होता है, सूर्य-उदय का रंग।"

रजनीश रंगों की व्याख्या करते हुए कहते हैं, "हज़ारों साल के लम्बे तजुर्बे के बाद संन्यास के वस्त्र के लिए गेरुआ रंग चुना गया। लाल रंग की किरन शरीर के अंदर जाकर कामुकता पैदा करती है। इस गेरुआ रंग की जगह लाल भी चुना जा सकता था, ताकि लाल रंग की किरन लौट जाए तो संन्यासी कामुकता से मुक्त हो जाए, पर थोड़ी-सी लाली सेहतमंद होती है, इसलिए लाली मायल गेरुआ रंग चुना गया...

"लोग आम तौर पर नहीं जानते कि सूर्य की किरणों के जो सात रंग होते हैं, अगर वस्त्र लाल हो, तो वह छः रंग पी लेता है, सातवां लाल रंग वापस लौटा देता है। नीला वस्त्र पहनने का मतलब है कि वह वस्त्र छः रंग पी लेगा पर नीला वापस लौटा देगा। इसलिए संन्यासी के लिए गेरुआ चुना गया, ताकि लाल रंग का लाभ उसमें शामिल हो जाए, और लाल रंग का नुकसान उसमें से मनफ़ी हो जाए।"

एनी बिसेंट ने जैसे नीले रंग को रूहानी अहसास का रंग कहा है, रजनीश भी कहते हैं–"ध्यान के पहले चरण की सूचना गेरुआ रंग में है। जो पहली रोशनी दिखाई देती है, वह गेरुआ रंग की होती हैं और आख़िरी अनुभव नीले रंग में होता है।"

भारतीय चिंतन ने कृष्ण की काया का नीला रंग, परम अवस्था का प्रतीक माना है।

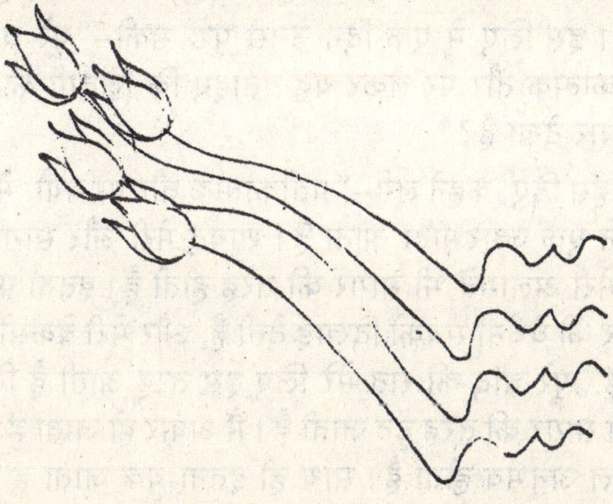

दामन में उतरता चांद का साया

नफ़सी और ज़ेहनी चेतना के दरम्यान, मैं समझती हूं, कलाकार के लिए एक समाधि-स्थल होता है, जहां नफ़सग़ारों का अंधेरा और ज़ेहनी चेतना के शक्तिकण मिलते हैं, और किसी तख़्लीक में ढलते हैं।

चित्रकार हरकृष्ण लाल जिस अनुभव को तख़्लीक में उतारते हैं, उसे ग़ौर से देखते हुए कई ब्रार हंस देते हैं। और नफ़सी शक्तियों की बात भी सहज मन से उसी तरह कह पाते हैं, जिस तरह ज़ेहनी अनुभव की बात। इसीलिए में एक दिन उनसे पूछ सकी–"पूरे चांद को रात को प्रतीकात्मक तौर पर लेकर यह बताइए कि ज़िंदगी का ज्वारभाटा कितनी बार देखा है?"

वे हंस दिए, कहने लगे–"प्रतीकात्मक तौर पर क्यौ, मेरे भीतर तो हर महीने एक ज्वारभाटा आता है। शायद मेरी और सागर की जाति एक है, मेरी अलामतें भी सागर की तरह होती हैं। इतना फ़र्क़ ज़रूर है कि सागर की बेचैनी सबको दिखाई देती है, और मेरी बेकसी, मैं अकेला झेलता हूं...पूरे चांद की रात मेरे लिए इस तरह आती है कि मेरे बदन की सीमा सागर की तरह टूट जाती है। मैं अपार हो जाता हूं। एक तीखा सैन्सेशनल अनुभव होता है। साथ ही इतना थक जाता हूं कि बदन में

बेइंतहा कमज़ोरी महसूस होती है, होंठ सूखने लगते हैं, सोचता हूं कि उठकर एक घूंट पानी पी लूं, लेकिन बदन में इतनी भी ताक़त नहीं रहती कि उठकर पानी पी सकूं..."

मैंने पूछा–"ऐसी अलामत कितनी देर रहती है?" वे कहने लगे–"पहले तो बहुत दिन रहती थी, पांच या छः दिन। मैं एक बेबसी की हालत में चारपाई पर पड़ा रहता था। फिर चेतन यत्न से अपने को वश में लेना चाहा, तो इतना-सा फ़र्क़ आया है कि वह अर्सा कुछ कम हो गया है, पांच-छः दिन से तीन दिन हो गया है, मगर अलामत की शिद्दत में फ़र्क़ नहीं आया..."

जब पूछा कि उस वक़्त आप जो कुछ कैनवस पर उतारते हैं, उसकी सूरत क्या होती है?–तो वे कहने लगे–"तब मैं हाथों में बुरुश नहीं ले सकता। वह भी पानी के उस गिलास की तरह हो जाता है, जिसे मैं उठकर पकड़ नहीं सकता..."

हरकृष्ण जानते हैं कि नफ़सग़ारों से जो परछाइयां उठती हैं, ज़ेहनी चेतना के माध्यम से उनका कायाकल्प करना होता है। और साथ यह भी जानते हैं कि कई परछाइयां कला में नहीं ढलतीं। लेकिन उनकी चेतना उन्हें नकारती नहीं, और शायद यही कारण होगा कि वे उन परछाइयों की पकड़ में आते भी हैं, और उनकी बात भी सहज मन से कर सकते हैं।

मैं सोचती हूं–अगर नफ़सी और ज़ेहनी चेतना के दरम्यान खड़े होकर वह समाधि-स्थल का अनुभव, चेतन तौर पर न पाते, तो एक ऐसी दीवानगी उन पर तारी हो जाती, जिसकी पकड़ से छूटना उनके लिए बहुत मुश्किल हो जाता।

बहुत कम कलाकार होते हैं, जो अपनी दीवानगी को एक दर्शक की तरह देख पाते हैं।

किनारे पर खड़े होकर, दीवानगी की तेज़ धारा में अपने को बहते हुए देखना, एक ऐसा अनुभव है, जिसमें डूबने-उतराने की स्थिति भी बनी रहती है, और किनारा भी सलामत रहता है।

वे ब्योरे से कहते रहे–

"भूख नाम की चीज़ उस वक़्त मेरा बदन भूल जाता है। पर एक अहसास बहुत तीखा बना रहता है–अकेलेपन का। और मैं अपने अंतर में उतरते-उतरते क़रीब आधी सदी नीचे उतर जाता हूं, अपने बचपन के काल में...

"उस- काल में, जब मैंने घुटनियों चलना सीखा था। पता नहीं चलता कि मैं यह सपना देख रहा हूं कि किसी हक़ीक़त को फिर से जी रहा हूं...अपनी आंखों को टटोलकर देखता हूं कि वे बंद हैं, या खुली हुईं...सपने के अंदर एक सपना देखने की-सी हालत होती है...

"लुधियाने का वही कूचा सामने होता है, लक्ष्मीनारायण कूचा, और वही घर जिसमें मेरा जन्म हुआ था। घर की वही खिड़की होती है, जिसमें से सामने के घर का बरामदा दिखता था–जहां गुल्लू चाचा और सैनी चाची खड़े होकर कर मुझे देखते थे...।

"वह गुलाम मुहम्मद का घर था, और मैं उन्हें गुल्लू चाचा कहता था। उन्हीं की बीवी हुसैनी थी, मेरी सैनी चाची। वे बड़े रईस मिज़ाज के लोग थे, घर में उन्होंने कितने ही बटेर, तीतर, मुर्गे, चिड़ियां और तोता- मैना पाल रखे थे। एक बकरी भी थी, और एक गाय भी...।

"देखता हूं...सैनी चाची उसी तरह मुझे अपने पेट पर लिटाकर कभी सुला रही होती हैं, कभी यूसुफ जुलेखां का किस्सा सुना रही होती हैं, या हज़ार दास्तां–और कभी मैं उनके बटेरों और चूज़ों से खेल रहा होता हूं–उनका तोता बोला करता था 'सुब्हान तेरी कुदरत'–और फिर उन्होंने तोते को मेरा नाम सिखा दिया था–देखता हूं, वह मेरा नाम लेकर आवाज़ें दे रहा है...।

"सैनी चाची कभी-कभी मुझे 'मेरा कृष्ण' कहती थीं, पर अकसर 'लाल' कहकर पुकारती थीं–और वही लफ़्ज़ उन्होंने तोते को सिखा दिया था–मैं जब ज़िद करता था, या बटेरों को परेशान करता था, तब चाची मेरे पीछे-पीछे भागती कहतीं–'ओ बेईमान...ओ बेईमान'–उनकी वही आवाज़ कानों में सुनाई देती है...।

"हमारे घर में मांस-मछली कोई नहीं खाता था, पर गुल्लू चाचा के यहां मुर्गे और बटेर पकते थे, इसलिए वे जब खाना खाने के लिए बैठते, मुझे गोदी में लेकर सिर्फ़ फल खिलाते थे...उन्हीं अंगूरों और सरदों का मिश्री-सा ज़ायका मेरी ज़ुबान पर आ जाता है...होंठों में भर जाता है...

"वह एक-एक घटना घटती हुई दिखती है...मेरा होश बना रहता है कि यह पचास साल पहले हुई थी और साथ यह हक़ीक़त भी बनी रहती है कि वह एक-एक घटना मेरे सामने हो रही है...गुल्लू चाचा की छाती पर गहरे लाल रंग का एक मोटा-सा मस्सा था, मैं उसे पकड़कर अपने हाथ में लेना चाहता था, वह उतरकर मेरे हाथ में आता नहीं था, तब गुल्लू चाचा पूछते थे-'इसे उतारकर क्या करोगे?' और मैं कहता था-'अपनी अंगूठी में लगाऊंगा।' वह लाल से रंग का नगीना मैं आज भी छूकर देखता हूं...

"में शायद इसीलिए अपनी उंगली में कभी विवाह की अंगूठी नहीं पहन पाया। वह नगीना तो किसी के बदन पर लगा रह गया था...।

"नहीं, गुल्लू चाचा के यहां कोई बच्चा नहीं था, वे रईसाना मिज़ाज के आदमी थे, सारी ज़िंदगी सट्टा खेलते रहे, बटेर लड़ाते रहे, जीतते और हारते रहे...जब सट्टा खेलने का दिन होता, वे सोचते रहते कि उन्होंने कौन-सा नम्बर लगाना है, और यही सोचते-सोचते, कई बार मेरे से कोई नम्बर पूछते। मेरी ज़ुबान से जो भी नम्बर निकलता वे वही नम्बर खेलते। कई बार हारते थे, लेकिन जब जीत जाते, मुझे मिठाई लाकर खिलाते थे...।

"मैं जब कभी बीमार होता, सैनी चांची ख़ानकाह में जाकर मेरे लिए तावीज़ लाती थीं। वहां एक साबु नगरों की मस्जिद हुआ करती थी, जिसमें जब कोई पीर-फ़कीर आता था तो चाची सैनी मुझे ले जाकर उससे फूंक लगवाती थीं। मेरे गले में उनके डाले हुए तावीज़ पांच-छह हो गए थे। अब जब दीवानगी के दिनों में मैं अपना बचपन देखता हूं तो हाथ से वे सारे तावीज़ टटोल सकता हूं। वे सबके सब मेरे गले में मौजूद

होते हैं...गुल्लू चाचा के बदन पर वही सिल्क की नीली धारी वाली मशहदी लुंगी होती है, पैरों में तिल्ले के काम की जूती। और सैनी चाची सिर पर सफ़ेद दुपट्टा, जिससे 'लुकन छिपाई' खेलते हुए मैं उनके पेट पर सो जाता हूं...।

"बड़ी राहत मिलती है। पर कई बार उससे भी सैनी चाची के एक तमाचे से जाग पड़ता हूं–सामने टांड पर चांदी के मीनाकारी वाले थाल सजे हुए होते हैं और मैं ज़िद करता हूं, उस थाल में खाना खाऊंगा। चाची थाली उतारकर नहीं देतीं, और मेरे एक तमाचा मारकर कहती हैं– 'बेईमान! वह थाल उतारते नहीं हैं।' जब मैं रोने लगता हूं, वह गोद में उठाकर मुझे बहलाती हैं और थाल उतारकर, उसमें अंगूर रखकर मुझे खिलाती हैं...

"शायद उसी बहिश्त से निकला हुआ मैं अब तक उसके सपने देखता हूं।,एक बार गुल्लू चाचा किसी रईस दोस्त के साथ मुझे बग्घी में ले गए। आमों के टोकरे रखवाकर एक बाग़ में गए। वहां बाग़ में मैंने पहली बार मोर देखा। घर आया तो सैनी चाची को मैंने मोर की चाल चलकर दिखाई, बांहों को मोर के पंखों की तरह फैलाकर। चाची ने अपनी चांदी की पायज़ेब मेरे पैरों में पहना दी। मैं मोर की तरह कितनी ही देर तक नाचता रहा। पायज़ेब छनकती रही और चाची कहती रहीं–'देखो री। मेरे घर में मोर आया है...।'

"जब कॉलिज पढ़ता था, गुल्लू चाचा ने सट्टे में हारकर घर का सब कुछ बेच दिया था। वह चांदी के मीनाकारी थाल भी और आख़िर में घर भी। धोबियों के अहाते में टैंट लगाकर उन्हें रहना पड़ा था। मुझे कॉलिज की पढ़ाई के लिए अपमे घर से जितने रुपए मिलते थे, उनसे कुछ बचाकर सैनी चाची को दे आता था। पर जब देश का बंटवारा हो गया, मैं एक बार मुम्बई में पढ़ते हुए छुट्टियों में घर गया तो पता चला कि गुल्लू चाचा और सैनी चाची पाकिस्तान चले गए हैं...

"वही वक़्त था जब मेरा बहिश्त उजड़ गया। गुल्लू चाचा के रहते हो शहर पर अपना राज हुआ करता था। रौशनी का मेला लगता तो दूर-

दूर से कव्वाल आते, नौटंकी वाले आते, बाइस्कोप आते—और वह सब गुल्लू चाचा का हुकुम बजाते। मैं स्कूल में पढ़ते हुए, रोज़ अपने दोस्तों को साथ लेकर कभी बाइस्कोप देखने चला जाता, कभी नौटंकी। वहां मेरे लिए और मेरे दोस्तों के लिए जगह रखी रहती थी, क्योंकि हम गुल्लू चाचा के मेहमान होते थे...।

"फिर किसी आते-जाते की ज़बानी पता चला कि मोज़ंग के चौक पर गुल्लू चाचा की किसी टांगे से टक्कर हो गई थी, और वह उस चौक में ही मर गए थे। सुना था कि सैनी चाची कई दिन तक भूखी-प्यासी उसी चौक में बैठी रहीं, और फिर पागल होकर कुछ ही दिनों में मर गईं...।

"सोचता हूं—अगर वह मेरे सामने होतीं, गुल्लू चाचा वाले हादसे के बाद भी मैं उन्हें बचा लेता...मैं उन्हें इस तरह पागल होकर, मरने नहीं देता...सब तावीज़ टूट गए...उनके गले के भी, मेरे गले के भी...।

"बस, यादों का एक तावीज़ है, वह नहीं टूटता। इसे तोड़ते-तोड़ते मेरे हाथ थक गए हैं। पूरे चांद की रात जब भी पास आने लगती है—जैसे फ़कीरों को हॉल आता है, मुझे भी एक हॉल आता है। कोई तीन दिन के अर्से में मैं अधमरा-सा हो जाता हूं...रोटी का एक टुकड़ा भी नहीं खा सकता। आज पूरे हवास में बातें कर रहा हूं तो याद आ रहा है कि जब छोटा था तो गुल्लू चाचा पूछा करते थे—'बड़ा होकर क्या बनेगा?' और मैं जवाब में पूछता था—'सबसे बड़ा अफ़सर कौन-सा होता है?'

"वह सोचकर कहते थे—'डिप्टी कमिश्नर। उसे बड़ी तनख्वाह मिलती है, कई सौ।' और मैं बांहें फैलाकर कहा करता था—'इतने रुपए?'

"जब वह कहते थे—'हां, इतने सारे रुपए। पर तुम इतने रुपयों का क्या करोगे?' और मैं वह इतने सारे रुपए बांटने बैठ जाता—'दो सौ रुपए सैनी चाची को दूंगा, दो सौ गुल्लू चाचा को, दो सौ बुग्गे को' – बुग्गा उनका नौकर था जो मुझे, सोये हुए को, रात में घर छोड़ आया

करता था। इसी तरह बहन को, मां को, बाप को रुपए बांटकर दिखाया करता था। तब गुल्लू चाचा कहते–'तुमने अपने सारे रुपए बांट दिए, अब तुम खुद रोटी कहां से खाओगे?' तो मैं कह देता था–'मुझे तो रोटी आप खिलाएंगे।'

"आज सोच रहा हूं, शायद इसीलिए जब यादों की पूरनमासी आती है, मैं कुछ नहीं खा सकता...मुझे तो रोटी गुल्लू चाचा और सैनी चाची ने खिलानी थी...।"

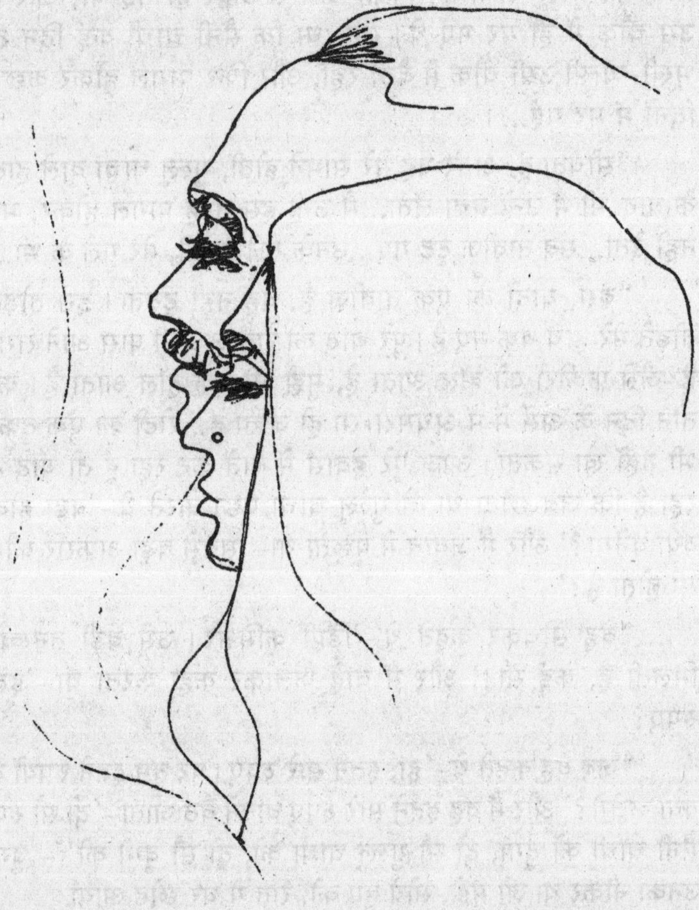

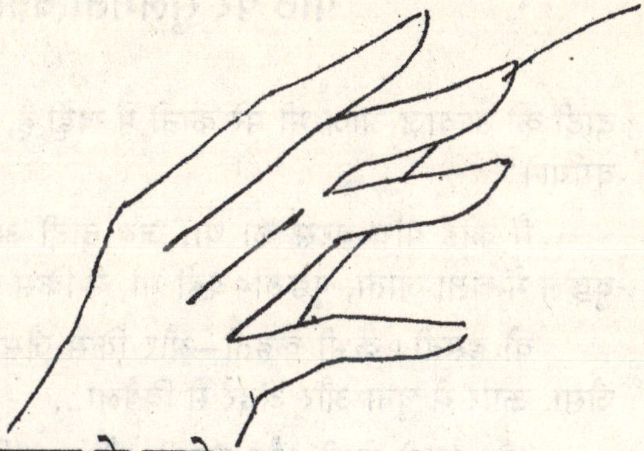

दामन में बैठे विरासत के साये

मेरे और इमरोज़ के साथ देवेंद्र जी की दोस्ती ने बरसों के मौसम मे देखे हैं। वो कहानीकार हैं। आकाशवाणी में काम करते थे। वहां बहुत-से नाटक लिखते रहे आकाशवाणी के लिए। वो उर्दू शायरी से बेपनाह मुहब्बत करते हैं। अच्छे मुसव्वर उन्हें बहुत अपने लगते हैं, और मौसिकी से उन्हें एक गहरा लगाव है। ये सब होते हुए भी, बरसों से जानती हूं कि उदासीनता का एक साया है जो उनके साथ-साथ चलता है।

ये साये क्या हैं? जों अपने ही अंदर से उठते हैं, पहचाने नहीं जाते, फिर भी अपने-से लगते हैं। वे कभी बहकी-बहकी आवाज़ में उनकी बाते करते हैं, बिखरी-बिखरी-सी बात, फिर महीनों ख़ामोश हो जाते हैं...

अब मेरा तकाज़ा था कि वो इनकी बात कुछ तरतीब से लिख दें, सहज होकर उन्हें देखें और लिख दें।

अब उन्होंने जो लिखकर दिया है, उसे नाम दिया है–पीठ पर सुलगता वक़्त और मुझे लगता है कि उन्होंने पहली बार इतना सहज होकर अपने को काग़ज़ पर उतार दिया है...

पीठ पर सुलगता वक़्त

दादी की आवाज़ आज भी मेरे कानों में खड़ी है, कहती है–"आवे ओदे वर्गया।"

मैं कोई पांच बरस का था, जब दादी आवाज़ देती, मैं उसकी बुक्कल में चला जाता, पूछता–बड़ी मां, मैं किस जैसा हूं?

वो हंसती। कभी कहती–और किस जैसा, बिल्कुल अपने दादे जैसा, ऊपर से घूना और अंदर से विषैला...

और कभी-कभी और हंसती और कहती–अरे काहे रे! तू तो बिल्कुल अपने पुरखे जैसा, वो जो कड़ी जैसा मर्द था। लोग ऐसे ही कहते हैं कि पढ़ आया और रिश्ता गया। अरे ये रिश्ता कहीं नहीं जाता, वो जो तेरे दादे का दादा था, सरदार शिवदेव सिंह, मुझे तो तू वही लगता...

दादी के हाथ में बड़े मोटे नग की सुर्ख़ अंगूठी होती थी। मेरी नज़र उस अंगूठी में अटक जाती, तो वो कहती–लगता है, तू इस अंगूठी को भी पहचानता है। उसी की होती थी, उस रियासत वाले को...

मैं कुछ और बड़ा हुआ और कहानी सुनने के लिए पूछता–फिर उस रियासत वाले की कोई बात सुनाओ बड़ी मां!

वो जैसे अपने हाथ से ही छिटक जाती है और उस रियासत की बातें करने लगती जो उसने देखी नहीं थी। लेकिन उसने जो भी बातें सुनी थीं, उसे लगता कि उसने आंखों देखी थीं। कहती–रे तेरे दादे का दादा अहलकार होता था, जींद के राजा का, और इतना मोहतबर कि रनवास में भी उसे जाने की मनाही नहीं थी। मुझे तो लगता है...

वो हंसती-छलकती ख़ामोश हो जाती तो मैं पूछता–तुम्हें क्या लगता है बड़ी मां!

वो कहती–अरे बताती हूं–बताती हूं। तू तो बावला है। मुझे लगता है कि रनवास में कोई अमीरज़ादी उस पर मुग्ध हो गई होगी और उसने अपनी सुच्चे मानक की अंगूठी उतारकर उसकी उंगली में डाल दी होगी...

ये बात कुछ मेरी पकड़ में आती और कुछ नहीं आती और मैं उत्सुकता से पूछता–वो कौन थी मानक वाली?

वो हंसती, कहती–अरे, ये बातें कोई पूछने वाली और बताने वाली होती हैं? वो तो जाने कौन थी, पर कहते हैं जो पटरानी थी वो कोई परी उतरी थी ज़न्नत से–ऊंची, लम्बी और गोरी...

मैं पूछता–बड़ी मां, वो तेरे जैसी थी?

उसकी आवाज़ मंद-सी पड़ जाती, वो कहती–अरे, वो तो राजा की बेटी थी, मैं तो नागियों के घर में पैदा हुई, बेचारी गुर्देवां....

मैं कहता–पर तू भी तो मां, ऊंची, लम्बी और गोरी है।

वो कहती–अरे काहे को, मुझे तो तेरी पड़दादी उम्र-भर कहती रही कि आ गई सपेरन हमारे घर...और फिर गुस्सा खाकर बोलती–नागियों का वंश तो बड़े-बड़े लोगों का वंश होता है। राजा सलवान पैदा हुआ था किसी इच्छाधारी सांप से...

मेरे लिए यह सारी कहानी उलझ जाती है। वो कहती–पड़दादा तेरा अटारीवाले सरदारों में से था इसलिए तेरी पड़दादी के माथे पर तेवर पड़े रहते। मुझे ब्याहकर मिणे की माड़ी से लाए थे, लेकिन पंडोरी वालों की ज़मीनें तो अटारी तक थीं। इसलिए तेरी पड़दादी बोलती तो उसकी आवाज़ अटारी तक जाती थी...

इस सारी कहानी में मैं और उलझ जाता तो पूछता–पर तू मुझे उसकी बात सुना जिसके लिए तू कहती है–मैं उस जैसा हूँ...

वो बातों की पिटारी खोल लेती, कहती–वो जो सिद्धू सरदार था, राजा का अहलकार, लोग उससे जलते थे। तभी तो किसी बैरी ने उस पर मूठ चला दी...

मैं अपने हाथ को मुट्ठी की तरह बनाता और देखता और पूछता–इस तरह चला दी थी?

वो कहती–नहीं रे, वो तो काला जादू होता, जो बुरे लोग आधी

रात को श्मशान में जाकर कोई मुर्दा जलाते और मंत्र पढ़ते हैं, और फिर उस मुर्दे की आत्मा आकर मूठ चलाती है, मंत्र पढ़वाने वाले के बैरी पर...

मैं डर जाता था, फिर भी पूछता था–फिर वो मूठ कौन चलाता है?

वो कहती–अरे, रूहें कभी दिखाई नहीं देतीं, वो तो बस भरी दोपहर में आकर किसी की पीठ पर मुक्का मारती हैं, और बंदा वहीं गिर जाता है। फिर ज़िंदा नहीं उठ सकता...

मैं और घबराता, पूछता–और वो जो मेरे दादे का दादा था उस पर किसी ने मूठ चला दी थी?

वो कहती–हां रे, भरी दोपहर थी, जिस वक़्त सिद्धू सरदार घर में रोटी खाने गया, घोड़े पर सवार। हवेली की दहलीज़ में घोड़े ने पैर रखे, दो पैर दहलीज़ के इस तरफ़ और दो दहलीज़ के उस तरफ़ थे कि मूठ चल गई...घोड़ा भी वहीं गिर गया, सवार भी...

मैं पूछता–पर बड़ी मां, ये किस तरह पता चला कि किसी ने मूठ चलाई थी?

वो बताती–मूठ का निशान सरदार की पीठ पर भी पड़ा हुआ था और घोड़े के बदन पर भी।

मैं घबराकर अपनी पीठ को टटोलने लगता, कहता–देख तो बड़ी मां! मेरी पीठ पर वो निशान पड़ा हुआ है?

वो हंसती, कहती–तू तो बावला है! वो जादू-टोना तो हमारे वंश में चला आता है, पर ईश्वर न करे कि कोई तेरी पीठ पर मूठ चलाए...

मुझे अपनी पीठ पर कुछ सुलगता-सा लगता और मैं दादी की ओर देखता रह जाता...

वो सुनाती–उस सिद्धू सरदार को बैरियों ने मार दिया तो उसकी सरदारनी ने राजा से कहा–राजाजी, अब मैं यहां नहीं रहूंगी। मेरा एक

ही बेटा है, जवान हो रहा है, अब मुझे उसकी ख़ैरियत चाहिए...उस समय राजा ने एक चिट्ठी लिख दी और सरदारनी को लाहौर लाट साहब के पास भेज दिया। लाट साहब ने सरदारनी को कुर्सी दी और उसके बेटे के नाम गोरों के कब्रिस्तान में संगमरमर लगवाने का ठेका लिख दिया...वही बड़ा होकर सरदार मेहरसिंह पत्थरों वाला कहलाता था, तेरा पड़दादा...

मैं इस कहानी में सारे का सारा लिपट जाता और वो सुनाती– घर में पैसे की तो वर्षा होने लगी, पर साथ ही वो अय्याश लोगों की संगत में पड़ गया। जैसे गर्मियों के दिन आते वो तेरा पड़दादा घोड़े और कुत्ते लेकर पहाड़ों को चला जाता। शहर में होता तो उसकी रात शराब में डूब जाती। कोठों पर भी जाने लगा। मुजरे करवाता और पैसा फूंकता... एक बार तो पहाड़ से किसी पहाड़न को ले आया, किसी शकरी को। और घर में कलह पड़ गई...

मैं हैरान-सा दादी मां की ओर देखता और वो कहती–तब तेरी पड़दादी ने मुझे मंदा बोलना छोड़ दिया। घर में मैं ही उसका दर्द बांटती थी। वो मेरे पास बैठती और रोती/परीमहल वाला एक चौधरी होता था जो कचहरी का मेघमुंशी था। तेरी पड़दादी उसके पास जाकर रोई तो उसने बिरादरी जोड़कर तेरे पड़दादे को बहुत बुरा-भला कहा। लेकिन सरदार इतना अड़ियल कि मीरमुंशी को भी बुरा-भला कहने लगा। तब मीरमुंशी ने कई झूठे मुकदमे बनाकर उसे मुक़दमों में फंसा लिया। वो पत्थरों वाला सरदार मेहरसिंह सिद्धू, जिसे सरकार से सरदार साहब का ख़िताब भी मिला हुआ था और दो घोड़े की बग्घी में बैठकर घर से निकलता था, बिल्कुल टूट गया...

मुझे चक्कर आ जाता। मैं पूछता–और वो शैंकरी कहां गई?

वो बताती–उसने कहां जाना था, सरदार से चिपकी रही। वो मंदिर, गुरुद्वारे जाता, शैंकरी साथ जाती। वो दाता गंजबख्श के दरबार में जाता, शैंकरी साथ जाती। वहां देग चढ़ाती, चादर चढ़ाती। लेकिन जब रोज़-रोज़ अदालत में जाना पड़ता तो तेरे पड़दादा ने सब मंदिर और

दरगाहें छोड़ दीं और जोस्तियों के पास जाने लगा...

मैं पूछता–जोस्ती कौन होते हैं बड़ी मां?

वो कहती–अरे वही, जो नजूम लगाते हैं...

मैं समझ गया कि बड़ी मां ज्योतिषी को जोस्ती कह रही है।

मैं पूछता–फिर उन्होंने क्या कहा?

वो बताती–कहा कि सरदार! सुलह-सफ़ाई कर ले, नहीं तो ख़ाख़शाह हो जाएगा। वो पूछता–मुझे ये बताओ कि मैं जीत जाऊंगा कि हार जाऊंगा? नजूमी कहते–तू जीत तो जाएगा सरदार, पर ख़ाख़शाह हो जाएगा। और वही बात हुई, मुक़दमे तो वो सारे जीत गया, पर कहीं का न रहा। ऊपर से उसे पता चला कि वो कमबख़्त शैंकरी शरीकों के साथ भी मिली हुई थी और उसने जब सरदार के पुत्र और पोते पर कोई टोना किया तो सरदार ने सर से पकड़ ली। वही समय था जब उसने शैंकरी को घर से निकाल दिया...

मैं उदास-सा दादी की ओर ऐसे देखता रहा जैसे अपने पड़दादा को ख़ाख़शाह होते देख रहा हूं...

दादी कहती–कोई रीस नहीं बड़े सरदार की, शिवदेव सिंह की। जब उस पर मूठ चल गई तो उसकी सरदारनी अशर्फ़ियों का संदूक भरकर लाई थी। ज़री के कपड़े तो उसके घर की बहुएं भी पहनती रहीं। बहुत ज़ेवर थे उसके पास, और वो सरदार की दो तलवारें भी लाई थी मख़मल के डिब्बों में रखी हुई, एक की मूठ सोने की थी, एक की चांदी की, साथ पटका और कंमरबंद जिस पर सोने के बटन बने हुए थे...

वो तलवारें मेरी आंखों के आगे चमक जातीं तो दादी कहती–मैंने तो आंखों देखी थी। फिर जब मेरे पड़दादा पर मुक़दमे चले तो उस मीरमुंशी ने सरकार से कहकर तेरे पड़दादे का तमंचा भी ज़ब्त करवा दिया और दोनों मूठों को छोड़कर तलवारें भी ज़ब्त करवा दीं...

और एक बार मेरी दादी ने बड़ा ट्रंक खोलकर सात तहों में रखे हुए वो सोने-चांदी के दस्ते मुझे दिखाए और फिर उस बीते हुए वक़्त

में खोई-सी कहने लगी–अरे, एक तरफ़ शैंकरी ब्राह्मणी जैसी भी होती हैं, जिसका खाती हैं उसी का घर उजाड़ती हैं, और एक तरफ़...

दादी ख़ामोश-सी हो जाती, फिर कहती–तेरा पड़दादा किसी अमीर बाई के कोठे पर भी जाता था। जब मुक़दमों में मुश्किल बनी तो अमीर बाई ने अपने ज़ेवर सामने रख दिए। उसने लिए तो नहीं थे, पर उस जैसी दिलवाली भी होती है...

एक बहुत बड़ा जमाना था जो दादी मां अपनी पिटारी में संभालकर बैठी हुई थी...मैं दादी के लिहाफ़ में गुच्छा-सा बैठा रहता।

और दादी मां मुझे एक राज़ की तरह बताती–वो जो तेरा पुरखा था, राठों जैसा, वो चितेरा भी था, मूरतें बनाता था। किसी-किसी रात हाथों पर हलवा बांधकर सोता था कि तलवार चलाने वाले हाथ इतने नरम हो जाएं कि मूरतें बना सकें।

तेरा पड़दादा जब ख़ाख़शाह हो गया तो नज़ूमियों के पास जाता-जाता खुद भी टेवा-पत्री पढ़ने लगा...तेरा. दादा भी राग-रंग में पड़ गया था। नजूम भी लगाता और जो मुंह से बोल देता, पत्थर पर लकीर हो जाता...अरे, मैं ऐसे तो नहीं कहती कि तू उस जैसा है, देख लेना, तू बड़ा होकर मूरतें देखने का भी शौक़ीन होगा, गाने-बजाने का भी, और नजूम भी ऐसा लगाएगा कि जो बात कहेगा वही पूरी हो जाएगी...

बीस बरस हो गए हैं दादी की आवाज़ सुने हुए, लेकिन उसकी आवाज़ अभी भी मेरे कानों में खड़ी है...बक्त आया था जब शहर उजड़ गए, घर भी जाने कहां छूट गया, पर दादी ने जो लकड़ी का बक्सा बचा लिया था जिसके अंदर नीली मख़मल लगी हुई थी, उसमें तलवारों के वही दस्ते संभालकर रखे थे–एक सोने का, एक चांदी का, और वो आज भी मेरे पास हैं। और जब मैं उन्हें देखता हूं, दादी की आवाज़ कानों में भर जाती है–'आवे ओदे वर्गया' और मेरी पीठ पर एक कम्पन-सा आ जाता है कि जो किसी ने मूठ चलाई थी, मेरे दादा के दादा पर, उसका निशान मेरी पीठ पर पड़ा हुआ है...दादी की वो बात भी याद आती है,

हमारे घर में वो जादू-टोना अब भी चला आता है...लाहौर जब मेरे दादा ने और मेरे बाप नें मिलकर एक मकान ख़रीदा था, भाटी दरवाज़े, तब एक सुबह हमने देखा कि हमारे घर के चबूतरे पर सात रंगों के फूल, सिंदूर और मौली रखकर कोई टोना कर गया था, जिस पर तेल भी पड़ा हुआ था और लहू के छींटे भी। और फिर जब घर की मरम्मत करवाते हुए एक दीवार को तोड़ना पड़ा तो उसके नीचे से कितने ही तावीज़ निकले थे...दादी एक नजूमी को बुला लाई थी, जिसने कहा था–बीबी, ये घर पांच कोना है। इसके मालिक को यहां बसना नसीब नहीं होगा और ये ढाई मंज़िला घर ढाई बलि लेगा...और सचमुच एक साल के अंदर-अंदर मेरा दादा मर गया। उसे घर में बसना नसीब नहीं हुआ। फिर मेरा दस साल का भाई मर गया और फिर चार साल की बहन मर गई...तब मेरी दादी सिर पकड़कर बैठ गई थी...

तब एक दिन उसने मुझे बांहों से पकड़कर बिलखती हुई ने कहा था–तू तो उस जैसा है, अब तू ही बता ये मौत मेरे घर में बार-बार _ क्यों आने लगी? तू नजूम लगा, बता, ये कब जाएगी? और तब मेरे होंठों पर आया था–बड़ी मां, तू जब तक ज़िंदा हैं वो नहीं आएगी...और यह बाते सच हुई। वो जब तक ज़िंदा रही बड़े धीरज के साथ ज़िंदा रही।

दामन में पड़े हुए स्मरण के साये

एक दिन मैं हेमेंद्र जी से बातें करने लगी। कुछ उनके अंतर की गहरी-सी बातें।

? : आपके नाम से मेरी वाक़फ़ियत बहुत पुरानी है, पैंतीस साल पुरानी, जब 'आकाशवाणी दिल्ली' अभी 'ऑल इडिया रेडियो दिल्ली' हुआ करता था। मैं पंजाबी सेक्शन में स्टाफ़ आर्टिस्ट थी और आप हिंदी टाकस के इंचार्ज होते थे। उसके बाद इतना जानती हूं कि आप स्टेशन डायरेक्टर होकर हिंदुस्तान के कई स्टेशनों पर रहे। लेकिन इस जानकारी की हदें सिर्फ़ यहीं तक महदूद हैं। आपके परा-शक्तियों के तजुर्बे के बारे में मैं बिल्कुल नावाक़िफ़ हूं...

हे : मैं खुद ज़िंदगी के एक लम्बे अर्से तक इस शक्ति से नावाक़िफ़ रहा था। कुदरत, मेरे जन्म से ही मुझ पर किस तरह मेहरबान थी, मैं नहीं जानता था। मेरे पिता पी.सी.एस. थे। उन दिनों एक पी.सी.एस. का ठाठ आज के कमिश्नर से भी ज़्यादा होता था। वह बताया करते थे कि मेरे जन्म पर किसी संन्यासी ने उनसे कहा था कि यह बच्चा भविष्यवक्ता होगा। एक बार उनके सामने किसी के क़तल का बहुत पेचीदा मुक़दमा पेश हुआ था। उस समय उन्हें संन्यासी की कही हुई वह बात याद आ गईं। तब मैं मुश्किल से चार बरस का रहा होऊंगा। वह

प्यार से मुझे गोद में बिठाकर पूछने लगे, “बेटा! यह जो मेरे पास क़तल का मुक़दमा आया है, क्या यह क़तल उसी आदमी ने किया है जिसे हिरासत में लिया गया है, या किसी और ने?”

मैं बिल्कुल नहीं जानता कि वह कौन-सी शक्ति थी जिसने मेरे बाल-होंठों से यह कहा, “नहीं, उस आदमी ने क़तल नहीं किया। जिसने किया है वह अपने गांव में बैठा हुआ है। आप उस गांव जाएं तो वह आपको चारपाई पर बैठा, हुक्का पीता हुआ मिलेगा।”

मुझे यह सब कुछ याद नहीं। पिताजी बताते थे कि तब वह मेरठ में पोस्टिड थे। मैंने जिस गांव का नाम लिया था, वह पुलिस को लेकर उसी गांव गए थे और तफ़तीश करके उस आदमी को तलाश कर लिया जिसने क़तल किया था। वह जिस समय पकड़ा गया था, सचमुच एक चारपाई पर बैठा हुआ हुक्का पी रहा था।

मुझे अपने पिता का वह आलिंगन भी याद नहीं, जो वापस आकर उन्होंने मुझे किया था, और कहा, “बेटा! तुम नहीं जानते, लेकिन आज तुमने एक बेगुनाह आदमी को फांसी लगने से बचा लिया है...”

? : फिर वह पहला वाक़या कौन-सा था, किसी परा-शक्ति का गवाह, जो सुना-सुनाया नहीं, आपका आंखों देखा वाक़या था?

हे. : अमृता जी! मेरा बचपन बदनसीब था। मैं कोई दस साल का था, जब मां नहीं रही। मेरे पिता ने दूसरा विवाह कर लिया। मैं छोटा-सा था जब मुझे होस्टल में डाल दिया गया था। मैं अपनी दूसरी मां का मंज़रे-नज़र नहीं था...

स्कूल की छुट्टियों का समय भी मुझे होस्टल में बिताना पड़ता था और सबसे कठिन समय वह होता था जब छुट्टियां ख़त्म होने पर सारे बच्चे घरों से लौटते थे तो अपने-अपने घरों से कई तरह की मिठाईयां, मेवे और फल लेकर लौटते थे...मैं तब होस्टल का वह सुनसान कोना ढूंढ़ लेता था जहां मुझे कुछ भी दिखाई न दे...

आंखों के इस संयम ने धीरे-धीरे मेरे मन को भी मना लिया था

कि मुझे न मिठाई अच्छी लगती थी, न कोई गिरी-मेवा और न कोई फल। मुझे याद है, जब एम.ए. कर लेने के बाद मेरी नौकरी लगी थी, तब मैंने ज़िंदगी में पहली बार कोई फल मुंह से लगाया था...

आदम ने तो फल चख लिया, जब बहिश्त से निकाला गया था, लेकिन मैं उसे चखने से पहले ही बहिश्त से निकाल दिया गया था...

तब छठी या सातवीं में पढ़ता. था, जब कई बार कमरे के अकेलेपन से डरकर मैं अपने स्कूल के वार्डन के पास जाकर सो जाता था। उन दिनों की एक रात को, जब सोये-सोये रोने लगा था, वार्डन ने मुझे जगाकर चुप कराया और बहुत पूछा कि मैं सोते-सोते क्यों रोया? लेकिन मैंने उसे कुछ नहीं बताया। आज आपको बताता हूं कि उस रात मुझे एक सपना दिखाई दिया था कि मां दुर्गा शेर पर सवार होकर मेरे पास आई हैं और मुझसे कह रही हैं–"बेटा! मेरे पास आ जा।" मैं उनके पास नहीं जाता, कहता हूं–"मेरी कोई मां नहीं।" वह शेर से उतरकर मेरे पास आ गईं और मुझे गले से लगा लिया। बोलीं–"तुम्हें जितना रोना है, आज रो लो। आज के बाद तुम कभी मत रोना। मैं तुम्हारी मां हूं..."

अमृता जी! वह वाक़या मेरा आंखों देखा है। वह रोना भी मेरा आख़िरी रोना था। उसी रात से मैंने मान लिया कि मां दुर्गा ने मुझे अपना पुत्र स्वीकार कर लिया है....

? : हेमेंद्र जी! क्या देवी-देवताओं के सब आकार इंसान की साइकिक रिऐलिटी नहीं होते हैं?

हे. : नहीं! मैं मानता हूं कि जिन ऋषियों-तपस्वियों ने यह आकार वर्णन किए थे, यह उनकी कल्पना के चमत्कार नहीं थे; उन्होंने मन की एकाग्र अवस्था में जो दर्शन किया था उसी का वर्णन किया था।

मैंने खीरभवानी से लेकर कन्याकुमारी तक माता के मंदिर देखे हैं। आसाम में कामाख्या मंदिर तक भी गया हूं। मुझे इन जगहों पर अलौकिक अनुभव हुए हैं। कन्याकुमारी के मंदिर में इतनी भीड़ थी कि केवल दूर से ही देवी के दर्शन हो सकने सम्भव थे। लेकिन मैं दूर खड़े-खड़े इतना बेचैन हो गया था, मुंह से निकला–"मां! मैं तुम्हें मां नहीं

मानता, तुमने पास बुलाकर मुझे आशीर्वाद नहीं दिया..." और अमृता जी! उस समय मेरी पीठ को एक अदृश्य हाथ ने छुआ–"आओ! पास आओ! ..." और मैं इस तरह आगे होता गया, इर्द-गिर्द की भीड़ देखती रह गई। मुझे जैसे कोई हाथ पकड़कर आगे ले जा रहा था...मैंने देवी के बिल्कुल सामने बैठकर 'सप्त श्लोकी' का पाठ भी किया, बीज मंत्र का भी...पुजारी भी देखते रह गए...

इसी तरह खीरभवानी के मंदिर में मैंने नौ दीपक जलाए थे। जब वहां पहुंचा था, मेह बरस रहा था, तेज़ हवा चल रही थी, और उस हवा में दीपक नहीं जलाए जा सकते थे। पुजारी ने कहा कि मैं बिना जलाए दीपक ही अर्पित कर दूं। लेकिम मैं आराधना में खड़ा हो गया। और आश्चर्यजनक घटना घटी कि पल मात्र के लिए आंधी के समान चल रही हवा थम गई। मैंने पूरे नौ दीपक जलाए और देवी को अर्पण कर दिए। तब चकित पुजारी ने मेरी बांह पकड़े ली–"आप कौन हैं?" मैंने विनम्रता से कहा–"मैं अपनी मां का एक ग़रीब बेटा हूं, और कुछ भी नहीं..."

? : आपने ज्योतिषशास्त्र का ज्ञान किससे पाया है?

हे. : वैसे तो सिर्फ़ साधना से पाया है, फिर भी बीकानेर के आचार्य राज को मैं अपना गुरु मानता हूं। वह दिव्य व्यक्तित्व के मालिक हैं। उनके सात पुत्र हैं, सातों बहुत अच्छे पदों पर हैं, लेकिन आचार्य किराए के एक कमरे में रहते हैं और ज़मीन पर सोते हैं। उन्हें आदेश हुआ था कि "जिस प्रकार सूरज के रथ के सात घोड़े होते हैं, तुम्हारे घर सात पुत्र होंगे, लेकिन किसी पुत्र से किसी तरह का सुख स्वीकार मत करना।" मैं अपनी ज़िंदगी का देनदार हूं, जिसने मेरा कई दिव्य व्यक्तित्व के मालिक संन्यासियों से सम्पर्क करवाया है...कामाख्या के एक तांत्रिक ने मुझसे कहा था कि तुम तंत्रशक्ति कभी नहीं पा सकोगे, इसलिए सिद्धियां हासिल करने वाले रास्ते पर मत पड़ना। तुम्हें जो कुछ पाना है, मां के पूजन से पाना है। तुम ज्योतिषशास्त्र के ज्ञाता होगे, लेकिन सिर्फ़ मां के पूजन से। इसलिए मैंने कभी तंत्रशक्ति के लिए साधना नहीं की। मेरे पास कोई सिद्धि नहीं है। जो कुछ है वह स्वत: प्राप्त हुआ है...

एक बार रेलगाड़ी की प्रतीक्षा में मैं एक बेंच पर बैठा हुआ था

कि एक आदमी मेरे पास आकर खड़ा हो गया। मेरे हाथों की ओर देखता रहा, फिर बोला–"आपका नाम हेमेंद्र है?" मैंने 'हां' कहा तो वह बोला–"आपकी हथेली पर स्वस्तिक का जन्म से चिह्न है?"

मैं उस समय तक नहीं जानता था कि मेरे हाथ पर हाथ की लकीरों ने स्वस्तिक का चिह्न बनाया हुआ है। मैं हैरान हुआ तो उसने कहा–"मेरे सिर पर हाथ रखें। मैं बरसों से बीमार हूं, आप हाथ रखेंगे तो मैं अच्छा हो जाऊंगा..."

उसी आदमी ने मुझे बताया कि नागपुर के निकट किसी मंदिर के संन्यासी ने उससे कहा था कि जाओ, रेलवे स्टेशन की एक बेंच पर बैठा हुआ तुम्हें एक आदमी मिलेगा, जिसका नाम हेमेंद्र है, जिसके एक हाथ में अंगूठा नहीं है और जिसकी एक हथेली पंर स्वस्तिक का चिह्न है। उसे यह वरदान है कि वह सात इंसानों के सिर पर हाथ रखकर उन्हें निरोग कर सकता है। सात में से तीन मर्द होंगे, दो औरतें और दो बच्चे।

वह रेलवे स्टेशन पर मिलने वाला पहला आदमी था, जिसके सिर पर मैंने हाथ रखा था और वह स्वस्थ हो गया था। उसके बाद मैं इस शक्ति को पांच बार आजमा चुका हूं। सब मिलाकर छह बार। अब सिर्फ़ सातवीं बार बाक़ी है, किसी बच्चे को निरोग करने वाली...

? : हेमेंद्र जी! श्री अरविंद की जीवनी में रूहों को बुलाकर उनसे बात करने के तजुर्बे का ज़िक्र आता है। किसी बैठक में लोकमान्य तिलक तक की मौजूदगी का ज़िक्र भी है, और यह भी कि एक बार परमहंस रामकृष्ण की आत्मा को भी बुलाया गया था। किसी परा-शक्ति का यह पहलू आपके तजुर्बे में भी शामिल हैं?

हे. : शामिल है नहीं, शामिल था। मैं लोगों की मुश्किलों को हल करने के लिए यह साधन इस्तेमाल किया करता था, लेकिन धीरे-धीरे मेरा सिर भारी रहने लगा था। एक दिन महाशिव की आराधना करके उन्हें बुलाना चाहा था, वह आए भी और कमरे की हवा का एक टुकड़ा जैसे हवा से अलग होकर एक आकार धारण करता हुआ लगा था, जब अपने अंतर से यह अहसास हुआ कि मुझे इस रास्ते पर नहीं पड़ना

चाहिए। बाद में किसी संन्यासी ने मुझे देवी माता की शपथ दिलाई थी कि मैं यह रास्ता त्याग दूं। अपनी शक्ति को इस राह पर लाना, शक्ति का दुरुपयोग है...

मैंने ती अपना नाम भी मां को अर्पण कर दिया है–अब सिर्फ़ एच.एन. भगवती कहलाता हूं। किसी की जन्म-पत्री बांचता हूं, पहले देवी माता को सम्बोधन करता हूं–मां! तुम्हारी शक्ति का अगर मुझसे दुरुपयोग हो जाए, तो मुझे क्षमा कर देना...

? : हेमेंद्र जी! मेरी ज़ात क़लम है। सो, जिनकी भी ज़ात क़लम है, उनके बारे में जानना चाहूंगी कि शायरों और अदीबों के कौन-से घर में कौन-से ग्रह होते हैं, या किन घरों पर किन ग्रहों की दृष्टियां, जो उनके मन-मस्तक को हमेशा के लिए क़लम से जोड़ जाती हैं?

हे. : अमृता जी! मेरे अनुभव में यह आया है कि राशि अनुसार अकसर वृषभ, कर्क, तुला, धनु और मीन राशि वाले शायर या शायराना स्वभाव के होते हैं। और इसी तरह वृषभ, मिथुन, कर्क, धनु और तुला लग्न वाले शायर और अदीब होते हैं। लेकिन राशि में या लग्न में, बुध या बृहस्पति या चंद्र ज़रूर होता है। राशि या लग्न पर शुभ ग्रहों की दृष्टि भी बहुत महत्त्व रखती है। पुरुष राशि में बुध ग्रह हों तो इंसान लेखक, प्रकाशक या सम्पादक बनता है।

तीसरे घर में बुध, दूसरे में शुक्र हो और इन दोनों घरों में से किसी एक घर में सूर्य हो और धनु, कर्क या कन्या लग्न हो, तो इंसान ज्योतिषशास्त्र में या लेखन-क्षेत्र में प्रवीण होता है।

चौथे घर का बुध भी लेखक बनता है। पर छठे घर में अगर स्त्री राशि का बुध हो तो इंसान को उम्र के आख़िर में दिमाग़ी तकलीफ़ हो जाती है। बुध ग्रह पर अगर किसी क्रूर ग्रह की दृष्टि हो तब भी ऐसी तकलीफ़ का संकेत होता है।

जिसके नवें घर का बुध, मिथुन, तुला या कुंभ राशि का हो, वह सम्पादक, प्रकाशक या लेखक बनता है और जीवन-पर्यंत अपना अध्ययन जारी रखता है।

बारहवें घर के बुध पर अगर किसी नीच ग्रह की दृष्टि न हो, तो वह इंसान बहुत विद्वान होता है। शायरी या संगीत में नाम पैदा करता है–इतना, कि मृत्यु के बाद भी उसका नाम अर्से तक जीवित रहता है।

सूर्य और बुध अगर इकट्ठे हों और साथ ही उन पर किसी नीच ग्रह की दृष्टि न हो, तो इंसान को अपने और दूसरे देशों में भी मान- सम्मान मिलता है। पांचवें और नौवें घर का बृहस्पति भी बहुत सम्मान दिलाता है। दसवें घर का बृहस्पति शुभ दशा में हो तो कवि, साहित्यकार और विद्वान के रूप में व्यक्ति को राजदरबार से आदर मिलता है।

लग्न में, या सातवें, या बारहवें घर में चंद्रमा हो तो वह कल्पनाशील कवि या विद्वान बनाता है।

इसके अतिरिक्त दसवें घर का बृहस्पति अगर लग्न में आ जाए तो कल्पनाशक्ति देता है। कल्पनाशील कवि पर, बड़ी उम्र में लक्ष्मी भी मेहरबान होती है। दसवें घर का स्वामी लग्न या पंचम में हो और पंचमेश से उसका सम्बंध भी हो तो ससांर का यशं उसके घर चलकर आता है...

और बारहवें घर का स्वामी अपने ही घर में हो, खासकर चंद्रमा, तो वह मनुष्य, चाहे किसी जाति कां हो, महान पंडित बनता है...

? : यानी बारहवें घर में कर्क राशि हो और कर्क राशि का मालिक चंद्र भी वहीं बैठा हो, तो इंसान की ज़ात क़लम की ज़ात हो जाती है... अब, हेमेंद्र जी! मैं सातवां सवाल नहीं पूछूंगी। चाहूंगी कि आपकी आराधना के समय जो भी कोई सवाल आपके मन में कभी जागा है, आप वही सवाल सामने रखकर उसका जवाब दे दें।

हे. : इससे पहले सवाल के जवाब में इतना ज़रूर कहना चाहता हूं कि मैंने जितने भी ग्रहों का सम्बंध क़लम से जोड़ा है, वह मैंने सैकड़ों पत्रियों के अध्ययन से प्राप्त अनुभव कहा है। इसके भी कई अपवाद हो सकते हैं। ज्योतिषशास्त्र का सम्बंध इतना पढ़ने से नहीं, जितना गुणने से है। इस गुणने में जीवन का आचरण भी शामिल होता है और किसी देवी-देवता की आराधना भी। साथ में यह भी कहना चाहूंगा कि विद्या की इस शक्ति के आगे एक परा-शक्ति है जिस तक किसी ज्योतिषी की

पहुंच नहीं होती।

और अब सातवां सवाल। याद आता है कि मैं रोज़ चालीस सिगरेट पिया करता था। धीरे-धीरे छाती में कुछ भारीपन रहने लगा था। ऊपर से रिटायर हो गया तो सिगरेट का ख़र्च फ़िज़ूलख़र्ची लगने लगा। मैंने कई बार मन में सोचा कि सिगरेट नहीं पीनी चाहिए, लेकिन आदत छोड़ी नहीं जा रही थी। एक बार वैष्णो देवी गया तो वह चढ़ाई चढ़ना कठिन हो गया। मेरी सांस बहुत फूल गई थी...

फिर एक दिन छाती में इतनी पीड़ा हो रही थी कि मैं डॉक्टर से दवा लेने गया हुआ था, जहां बैठे हुए मैंने देवी का चिंतन किया और कहा–"मैंने मन में कई बार जो कुछ सोचा था, लगा था कि आप सुन लेंगी। लेकिन आपने नहीं सुना। आप मेरा सिगरेट पीना क्यों नहीं छुड़ा देतीं? आज आपसे सीधे कह रहा हूं।"...अमृता जी! वह घड़ी, वह पल, न जाने कैसा था, मेरे अंदर एक अजीब शक्ति की लहर आ गई, जो लहू की तरह मेरी नसों में चलने लगी और मेरा हाथ अपने आप मेरी जेब में से सिगरेट की भरी हुई डिबिया निकाल लाया और उसने वह डिबिया खिड़की के बाहर फेंक दी। उस घड़ी के बाद आज तक मैंने सिगरेट नहीं पी है...यह एक सवाल था जो मैंने अपनी देवी के सामने रखा था, पर इसका जवाब मिल चुका है। वैसे भी यह बहुत छोटा-सा निजी सवाल था। मेरा असल सवाल वह है जो मेरी आरांधना के समय अब कई बार मेरे सामने आ खड़ा होता है। ख़ासकर रात को दस बजे के बाद ही आराधना के समय। वह मेरे देश की हालत का सवाल है। उसका जवाब मुझे एक दृश्य की सूरत में दिखाई देता है–वह दृश्य उस समय मेरे ज़ेहन में एक आकार धारण कर लेता है–नहीं जानता, उसका ज़िक्र मुझे करना चाहिए या नहीं...लेकिन इस समय उसका ज़िक्र अगर अचानक मेरे होंठों के पास आकर खड़ा हो गया है, तो ज़रूर देवी मां की इच्छा होगी कि मैं उसका ज़िक्र कर दूं...

मैं जब अपने देश की हालत से बहुत परेशान हो जाता हूं, तब आराधना के समय मुझे एक अहसास होता है कि हिंदुस्तान और पाकिस्तान फिर एक हो जाएंगे। साथ ही दिखाई देता है कि एक बहुत

सुंदर आकृति वाला ब्रह्मचारी संन्यासी है, जो राज्य का अधिकारी बनेगा और हिंदुस्तान का प्राचीन और गम्भीर फ़लसफ़ा सारी दुनिया में सम्मानित होगा...

यह सवाल भी मेरा है, जवाब भी मेरा। लेकिन यह सच होगा? कब? मैं नहीं जानता...

बाद में

हेमेंद्र जी की ज़िंदगी का एक बड़ा ही निजी वाक़या मेरे पास उनकी अमानत की तरह पड़ा हुआ था, जिसे लिखने की उन्होंने इजाज़त नहीं दी थी। इसीलिए मेरी किताब 'सात सवाल' में उनके साथ की ऊपरी बातचीत दर्ज है, पर यह वाक़या दर्ज नहीं। अब जब खोज के पहलू से कई अलौकिक अनुभव इकट्ठे कर रही हूं तो उन्होंने इजाज़त दे दी है, उस वाक़या को लिखने की...

यह वाक़या उनकी ज़िंदगी में आज से लगभग ग्यारह-बारह साल पहले घटा था, जब स्टेशन डायरेक्टर के तौर पर उन्होंने छतरपुर में एक नया रेडियो स्टेशन खोलने के लिए सर्वे करना था, और उस बंदोबस्त के सिलसिले में वह वहां पहाड़ीं की चोटी पर बने सर्किट हाउस में ठहरे हुए थे।

इलाक़े में मच्छर बहुत थे, इसलिए जब एक रात वह मच्छरदानी तानकर कमरे में सो रहे थे, उस वक्त मच्छरदानी का पल्ला एक तरफ़ से उठाकर एक जवान लड़की वहां आई, जिसने तड़पकर हेमेंद्र जी के गले लगतें हुए कहा–"पांच जन्मों से आपसे मिलने को तड़प रही हूं... आपकी मुहब्बत थी, जिसके लिए मुझे क़त्ल कर दिया गया था...मेरी लाश ठीक इसी कमरे के नीचे दफ़न है... "

हेमेंद्र जी यह वाक़या सुनाते वक्त कई बार इतने ख़ामोश हो गए, जैसे वह वाक़या अभी भी उनके बदन में से गुज़र रहा हो...उस सर्किट हाउस के बारे में वह इतना ही जानते थे कि किसी समय वह एक राजा के महल का हिस्सा था...

यह घटना कब हुई थी? उनका या उस लड़की का राजघराने के साथ क्या सम्बंध था? समय के राजा ने उस लड़की को क्यों मरवाया था? यह सब कुछ एक सवालिया फ़िकरा था जो कमरे की हवा में खड़ा रहा...और उस लड़की ने कहा–"आज की रात पांच जन्मों के बाद मेरी ज़िंदगी में आई है...यह सिर्फ़ आपका सम्भोग है, जो मेरी तड़पती आत्मा को चैन दे सकता है..."

और उस रात हेमेंद्र जी उस कौतुकी अनुभव के किरदार भी थे, पर उनसे भी ज्यादा एक दर्शक थे...

और सुबह वह सिर्फ़ दर्शक थे, जब देखा कि चढ़ते सूरज की लौ कमरे में छन रही है और वह अपने बिस्तर में अकेले हैं...कमरे के दरवाज़े उसी तरह बंद थे, जैसे रात को बंद थे।

वह अभी मन के अचम्भे में लिपटे हुए थे, जिस वक़्त कमरे का दरवाज़ा खटका। उन्होंने उठकर दरवाज़ा खोला। सोचा, शायद ख़ानसामा सुबह की चाय लेकर आया है। पर वहां दरवाज़े पर एक लड़की खड़ी थी, जो मुलाक़ात का वक़्त लेने आई थी–नौकरी की तलाश में। उस वक़्त हेमेंद्र जी मन में चौंक गए। उस मुलाक़ाती लड़की की सूरत हूबहू वही थी, जो रात को बंद दरवाज़ों में से लांघकर उनके पास आई थी...

घबराहट-सी में हेमेंद्र जी ने कहा–"अभी बहुत सवेर है। आप अपने सर्टिफ़िकेट वगैरह लेकर दस बजे के क़रीब आना...उस वक़्त नौकरी की सम्भावना के बारे में देख सकूंगा..."

उस मुलाक़ाती लड़की ने हाथ का लिफ़ाफ़ा सामने कर दिया– "अपनी पढ़ाई के सारे सर्टिफ़िकेट लेकर आई हूं। बैठने के लिए नहीं कहेंगे?"

हेमेंद्र जी ने संकोच से कहा-"हां बैठो..."

इतने में ख़ानसामा चाय लेकर आ गया। हेमेंद्र जी ने लड़की को चाय का प्याला भी दिया और उसकी पढ़ाई की डिग्रियां भी देखीं। नए

रेडियो स्टेशन के लिए कुछ नए मुलाज़िमों को रखने की गुंजाइश थी, इसलिए लड़की को नौकरी मिल सकती थी...

उसे कुछ सालों के बाद नौकरी मिली, उस स्टेशन पर नहीं, किसी दूसरे स्टेशन पर, पर यह सम्बंध सिर्फ़ मुलाज़मत का बना रहा, इससे ज़्यादा किसी तरह के भी ज़ाती सम्बंध तक नहीं पहुंचा। वर्षों बाद जब यह पता लगा कि उस लड़की ने शादी करवाने से इंकार कर दिया है– तो हेमेंद्र जी ने उसे बुलाकर उसके घरवालों की परेशानी बताई और पूछा कि वह शादी क्यों नहीं करवाना चाहती? उस वक़्त लड़की ने निस्संकोच कहा –"मेरी शादी आपके साथ हो चुकी है...जब पहली बार आपको देखा था, तभी जान लिया था कि जन्म-जन्म से मुझे जिस मर्द की तलाश है, वह आप हो..."

हेमेंद्र जी ने परेशान होकर कहा–"पर मेरी शादी हो चुकी है। मेरे बच्चे हैं। मैं अपनी पत्नी को कभी नहीं त्यागूंगा..."

उस लड़की ने उसी शांति से कहा–"मैं जानती हूं, मैं आपकी ज़िंदगी में दखलअंदाज़ नहीं होऊंगी। पर आपको देख लिया है, मेरी भटकन ख़त्म हो गई है..."

और आज भी वह लड़की अपने मन के उसी इतकाद पर जी रही है। हेमेंद्र जी का जल्दी ही उस स्टेशन से तबादला हो गया था, इसलिए कोई मुलाक़ात भी सम्भव नहीं थीं। और अब वह रिटायर हो चुके हैं, किसी मुलाक़ात की सम्भावना भी नहीं बनती। पर वह लड़की है, उसका यकीन उसी तरह है।

और किसी-किसी पल हेमेंद्र जी कुदरत के इस राज़ से हैरान होकर रह जाते हैं कि क्या यह लड़की उसी का पांचवां जन्म है, जिसकी बात उसने की थी, जो रात को उनके कमरे में आई थी? और क्या इसी लड़की की वह सूक्ष्म काया थी, जो उसकी स्थूल काया में से निंकलकर उस रात बंद दरवाज़ों को लांघकर आई थी? और क्या पांच जन्म पहले वह इसी लड़की की स्थूल काया थी, जिसे क़त्ल करवाया गया था?

दामन में पड़ी ख़ामोशी के साये

कच्ची पहली से लेकर आठवीं तक बंती हमारे साथ पढ़ती रही थी। अभी वह पांचवीं में पहुंची ही थी, उसके पिता उसका स्कूल छुड़ाने के लिए आ गए। हमारे स्कूल की बड़ी उस्तादनी ने बंती की फ़ीस माफ़ कर दी और यों उसे स्कूल न छोड़ने दिया।

सातवीं और आठवीं कक्षा की लडकियां देखने में एक साथ एक कमरे में बैठती थीं, पर आधी छुट्टी के समय आठवीं की लंड़कियां हम सातवीं की लड़कियों को पास नहीं फटकने देती थीं। हमेशा अलग होकर बातें करती रहतीं। हम सातवीं की लड़कियां जब उनके निकट आतीं तो वे हमें दूर हटा देतीं। हमें आठवीं की लड़कियों पर गुस्सा आता था और हम सोचती थीं कि.हम जब आठवीं में होंगी तो सातवीं की लड़कियों के साथ कभी इस तरह नहीं करेंगी।

और फिर आठवीं कक्षा में गईं। गर्मियों की छुट्टियों के बाद जब स्कूल खुले, हमसे भी वही बात हो गई, जो हमनें सोचा था कि हम कभी नहीं करेंगी। यह तेरहवां-चौदहवां वर्ष, पता नहीं, कैसा होता है! यह शायद एक दहलीज़ होती है बचपन और जवानी के बीच में। इस वर्ष लड़कियों का एक पांव दहलीज़ के इधर और एक पांव दहलीज़ के उधर होता है।

इन गर्मी की छुट्टियों में बंती को एक पड़ोसी लड़का सवाल समझाता रहा था। हर रोज़ छुट्टी के समय बंती हमें छिप-छिपकर उसकी बातें सुनाया करती थी। अब हम आठवीं की लड़कियां आधी छुट्टी के समय सातवीं की लड़कियों को पास नहीं फटकने देती थीं।

जिस दिन बंती हमें उस लड़के की बात न सुनाती, हमें ऐसा लगता जैसे उस दिन स्कूल में आधी छुट्टी हुई ही नहीं थी।

"मेरी तो हंस-बोल लेने की प्रीत है, और मुझे क्या लेना है उससे! और उसने क्या लेना है मुझसे!" कभी-कभी बंती हमें इस तरह कहकर टालने लग गई थी।

बंती लाख टालती, पर उसके चेहरें से हमें अहसास होने लगा था कि वह हंस-बोल लेने की प्रीत अब बंती के गले से होकर उसके दिल में उतरने लग गई थी। तभी तो अक्सर उसकी जुबान ख़ुश्क हो जाती और बह ज्यादा बातें नहीं कर पाती थी।

एक दिन उस पागल ने अपने हाथ में पेंसिल पकड़ी और गणित की कॉपी पर कोई बीस जगह उसका नाम लिख दिया– 'राजू ..राजू ..राजू।' हमारी उस्तादनी ने उसकी कॉपी देख ली। कक्षा में तो उसे कुछ न कहा, पर जब आधी छुट्टी हुई तो उसे अपने कमरे मे बुलाया और कमरे का दरवाज़ा बंद कर लिया। बंती को मानो शामत आई हुई थी। पर हम तो बंती की सहेलियां थीं। हम सबके चेहरे उतरे हुए थे। काफी समय के बाद जब बंती बाहर आई तो रो-रोकर उसकी आंखें लांल हो चुकी थीं। कॉपी पर जहां-जहां राजू का नाम लिखा था, उस्तादनी ने रबर से उसे मिटा दिया था।

आठवीं कक्षा जब एक नाव की तरह वार्षिक परीक्षा के किनारे लग गई तो सभी लड़कियां यात्रियों की तरह ही एक-दूसरे से अलग हो गईं। हमारा यह स्कूल आठवीं कक्षा तक ही था। बहुत-सी लड़कियां अलग-अलग स्कूलों में दाख़िल हो गईं। बंती सिलाई स्कूल में चली गई।

दो साल बाद मुझे बंती के विवाह का कार्ड मिला। और कई

लड़कियों को भी गया होगा। मैंने जल्दी से कार्ड पर लड़के का नाम पढ़ा, लिखा था–'कर्मचंद'।

कार्ड पर 'राजू' के बजाय यद्यपि 'कर्मचंद' लिखा हुआ था, तो भी विवाह का कार्ड पाकर विवाह की बधाई देनी होती है। मैं भी बंती के विवाह पर गई, उसे बधाई देने के लिए।

बंती के हाथों में मेहंदी, बंती की बांहों में कलीरे। मैंने बंती को बधाई दी।

मैं बंती के उस हंस-बोल लेने की प्रीत की कोई बात नहीं करना चाहती थी, पर कुछ देर बाद वही मुझे एक तरफ़ ले गई और बोली– "मेरी एक चीज़ संभालकर रख लोगी?"

"क्या?"

"एक रूमाल।"

मुझे यह पूछने की ज़रूरत नहीं थी कि रूमाल किसका है। रूमाल राजू का ही हो सकता था।

"इसमें ऐसी कौन-सी बात है? रूमाल तुम अपनी और चीज़ों के साथ ही कहीं रख लो!"

"पर उसके एक कोने में उसका नाम लिखा हुआ है।"

"किसी को क्या पता, वह किसका नाम है।"

"सिर्फ़ राज लिखा होता–कोई देखता, पूछता, तो मैं कह देती, मेरी सहेली का नाम है। पर 'राजू' लिखा हुआ है। राजू तो लड़कियों का नाम नहीं होता?"

"किस चीज़ से लिखा हुआ है?"

"उसने एक दिन पेंसिल से लिख दिया था। मैंने सुई लेकर धागे से कढ़ाई कर दी।"

"धागा उधेड़ डालो।"

"उधेड़ डालूं? यह तो मुझे ख़याल में नहीं आया।" बंती ने एक गहरी सांस ली। कहने लगी–" तुम्हें याद है, एक दिन हमारी उस्तादनी ने रबर लेकर मेरी कॉपी में से उसका नाम मिटा डाला था? आज मैं उसी तरह उसका नाम उधेड़ देती हूं।"

मेरा मन भर आया। बंती ने मेरे सामने ट्रंक में से सुर्ख रेशमी रूमाल निकाला और सुई लेकर उस पर कढ़ा राजू का नाम उधेड़ने लग गईं। बंती ने ही तो उसका नाम काढ़ा था। बंती ही की कापी पर से उसकी उस्तादनी ने राजू का नाम मिटाया था। विवाह के कार्ड पर समाज ने राजू का नाम न लिखने दिया; और आज वही बंती मेहंदी लगे हाथों से रूमाल पर से उसका नाम उधेड़ रही है।

"चलो, छोड़ो अब इन बातों को। तुम ख़ुद तो कहा करती थी– 'यह हंस-बोल लेने की प्रीत'..."

"सोचा तो यही था, पर हंस-बोल लेने का प्यार मेरी हड्डियों में समा गया है। लहू में रच गया है," बंती की आंखें भर आईं।

"सुना है, तुम्हारी ससुरालवाले बहुत अमीर हैं! उसका नाम भी कर्मचंद... ।" कितनी देर बाद मैंने कहा।

"नामों से भी कर्म बनते हैं?" बंती ने सिर्फ़ इतना ही कहा।

"कभी चिट्ठी लिखा करोगी, या शाहनी बनकर हम सबको भूल जाओगी?"

"कहीं भूलना अपने बस में होता है?" बंती ने कहा और ख़ामोश हो गई। इस समय भी शायद उसके मन में सहेलियों का ख़याल नहीं था, सिर्फ़ राजू, का ख़याल था।

"राजू को तुम चाहे भूलो, न भूलो, पर चिट्ठी तो तुम उसे लिख नहीं सकोगी। कभी-कभी हमें लिख दिया करना, चाहे चिट्ठी में राजू की ही बातें लिखना।"

"अच्छा, कभी-कभी मन की निकाल लिया करूंगी, पर एक

बात है।"

"क्या?"

"तुम मुझे उसकी बात कभी न लिखना। पता नहीं वे लोग कैसे हैं! बिल्कुल गांव में रहते हैं। सुना है, चिट्ठी भी वहां हफ्ते में दो बार जाती है। पते पर ज़िला, तहसील, डाकखाना, गांव और न जाने क्या-क्या लिखना पड़ता है! शायद वे लोग मेरी चिट्ठी को पढ़कर ही मुझे दिया करेंगे।"

बंती को ससुराल गए आज पंद्रह वर्ष हो गए हैं। पहले चार-पांच वर्षों में उसने मुझे कुछ पत्न लिखे। ज़्यादा नहीं, पर जितने भी लिखे उनमें उसके मन की पीड़ा थी। मैं बंती को हमेशा जवाब देती रही, पर उसके कहने के मुताबिक़ सिर्फ़ रस्मी क़िस्म के ही जवाब उसके पास पहुंचते रहे। कभी उसके मन की बातों का जवाब नहीं लिखा।

फिर दस वर्ष, बंती को पता नहीं क्या हुआ, उसने मुझे कोई पत्न न लिखा। मैंने समझा, अब वह अपने परिवार में खो गई होगी। मैंने भी कभी उसे पत्न न लिखा। सोचा, कहीं मेरा पत्न उसकी किसी सोई हुईं पीड़ा को न जगा दे।

पर आज बंती का अचानक पत्न आया है। पता नहीं यह कैसा पत्न है, इसमें सिर्फ उसके मन की आवाज़ नहीं, इसमें जैसे हर स्त्नी के मन की आवाज़ हो।

मेरा मन भरा हुआ है। उसने मुझे जवाब देने से रोका है, नहीं तो मैं आज उसे बहुत लम्बा पत्न लिखती और मन हलका हो जाता।

आज मैंने उसके सारे पुराने पत्न निकाले हैं (बीच के दो-तीन पत्न नहीं मिल रहे) और आज का पत्न भी सामने रखा हुआ है। एक बार सारे पढ़ रही हूं। एक स्त्नी के मन की आवाज़...

...!

कैसा गांव है! जो आज का काम, वही कल. का काम। यह पता नहीं लगता कि आज कौन-सा दिन है। सिर्फ़ जब गांव में डाकिया आता है तो पता लगता है कि आज मंगलवार है या शनिवार। यहां पूरे हफ़्ते में दो बार डाकिया आता है, जैसे शहरों में तेल-तांबा मांगनेवाले हफ़्ते में दो बार आते हैं।

जब डाकिया आता है, मुझे ऐसा लगता है जैसे वह कह रहा है, 'मंगलवार, टले भार तेल-तांबे का दान!' या 'शनिवार, टले भार तेल- तांबे का दान!' पर वे लोग पता नहीं कैसा तेल-तांबे का दान करते हैं जिन्हें उनके मित्रों की ख़बर आती है! मैं किसके लिए डाकिए का रास्ता देखूं?

अच्छा, तुम्हीं मुझे दो शब्द लिख देना। कोई बात न लिखना पत्र में। बस, इतना ही कि तुम्हें मेरा पत्र मिल गया। मैं इतनी बात के लिए ही डाकिए का रास्ता देखूंगी।

तुम्हारी

बंती

...!

तुमने बारात में मेरा ससुर देखा था, ख़िज़ाब-रंगी दाढ़ीवाला! अगर तुम मेरी सास को देखो तो सच कहती हूं, हैरान रह जाओ। सास तो क्या, अभी वह पुत्रवधू भी नहीं लगती, बिल्कुल क्वारी लगती है। उम्र में वह मुझसे तीन-चार वर्ष ही बड़ी होगी, पर बहुत कोमल है, पतली-सी लचकती हुई हिरनी जैसी। चाहे वह मेरी सौतेली सास है, पर है तो सास ही न? अगर वह मेरी सास न होती तो सच कहती हूं, उसे अपनी सहेली बना लेती।

आज मंगलवार था। डाकिए को आना था। मुझे ख़याल आया, शायद तुम्हारा पत्र आए। मैं दरवाज़े में खड़ी होकर डाकिए का रास्ता देखने

लगी। मेरी सास भी मेरे पास आकर खड़ी हो गई।

डाकिया आया। उसने मुझे एक पत्र दिया। मैंने सास के चेहरे की ओर देखा। उसका चेहरा उदास था। ऐसा लगता था जैसे आज ज़रूर ही किसी का पत्र उसके लिए आना था, पर आया नहीं।

"भाभी, कोई चिट्ठी आनी थी तुम्हारी?" मैंने उसे इतनी उदास देखकर पूछा।

"मुझे किसकी चिट्ठी आएगी?" पहले तो उसने यह कहा और फिर कहने लगी, "आनी तो थी एक चिट्ठी, पर आई नहीं।"

"किसकी चिट्ठी?" मैंने पूछा।

"ईश्वर की चिट्ठी। और मुझे किसकी चिट्ठी आएगी?" लगता था, वह अभी रो पड़ेगी, पर वह रोई नहीं। या ऐसा रोना रोई जो किसी को दिखाई नहीं दिया। देखा, हम स्त्रियां कैसा रोना रो सकती हैं। कभी-कभी मेरा दिल करता है, मैं भी ज़ोर से रोक और वह भी ज़ोर-ज़ोर से रो दे।

तुम्हारी

बंती

...!

सच मानो, जब से यहां आई हूं, मुझे यह घर कभी अपना नहीं लगा। मेहमान-सी लगती हूं इस घर में। अब इस घर ने मुझे बांध लिया है। एक छोटा-सा राजू आ गया है मुझे बांधनेवाला। घर के सभी लोग उसे दीपक कहकर बुलाते हैं।

शाम के समय काफ़ी ठंडक उतर आती है। मैं एक लाल रेशमी रूमाल उसके सिर पर बांध देती हूं। लाल रूमाल में वह और भी सुंदर लगता है। मैं उसे गोद म् लेकर देर तक देखती रहती हूं।

तुम्हारी

बंती

...!

मेरा राजू तीन वर्ष का हो गया है। तुम्हें अपने मन की बात बताऊं? कभी-कभी जब मैं राजू की ओर देखती हूं तो देखते-देखते उसका मुंह बड़ा हो जाता है। उसका क़द भी बड़ा हो जाता है, जैसे मेरा राजू पच्चीस वर्ष का हो गया हो और मैं अभी बीस वर्ष की हूं। देखा, में कितनी पागल हूं!

बड़ा शरारती है मेरा राजू। अभी मेरे पास खेल रहा था। अभी रसोई में जा पहुंचा है। गर्म चूल्हे में पानी का गिलास उंडेल दिया है। सारा चूल्हा फट गया है। मेरी सास बेचारी को दिन-भर लगकर बनाना पड़ेगा।

हां, तुम्हें एक बात बताऊं? मेरी सास चूल्हा क्या बनाती है, जैसे कोई बुत तराशती हो। तुमने कहीं ऐसा बांका चूल्हा नहीं देखा होगा। उसे चूल्हा बनाने का बहुत चाव है। थोड़े-थोड़े दिनों के बाद चूल्हा तोड़कर फिर से बनाने लगती है। जिस दिन वह अंदर का चूल्हा बनाती है उस दिन मैं बाहर के चूल्हे पर रोटी बनाती हूं। वैसे जहां तक बन पड़ता है, वह खाना पकाने का सारा काम स्वयं ही करती है। जब वह पंद्रह-बीस दिन बाद रसोई का चूल्हा तोड़कर नया बनाने लगती है, उस दिन खाना पकाने के काम को हाथ नहीं लगाती। चूल्हा बनाने का तो उसे कोई ख़ब्त है। आए दिन मिट्टी गूंधती और साथ में गाती है।

वैसे मैंने कभी उसे गाते हुए नहीं सुना। गाना तो एक तरफ़, उसे कभी मन भरकर बातें करते हुए भी नहीं सुना; पर चूल्हा बनाते समय वह ऐसे गाती है, जैसे कोई चरखा काते और लम्बा गीत शुरू कर दे। ईश्वर ही जाने उसके मन पर क्या गुज़रती है! माता-पिता ने भी तो उसकी जवानी से धोखा किया है। हीरे जैसी लड़की को तराजू में रखकर चांदी के रुपयों के एवज़ में कंकड़ के पल्ले बांध दिया!

अच्छा, दो शब्द जल्दी लिखना।

तुम्हारी

बंती

...!

तुमने गीतों के बारे में पूछा है जो मेरी सास गाती है। पूरा गीत उसने कभी नहीं गाया। जब कभी एक बोल गाती है तो घंटा-भर वही गाती रहती है...

आज भी उसने पुराने चूल्हे को तोड़कर नया बनाना शुरू किया है। रसोई का दरवाज़ा अंदर से बंद है। उसकी आवाज़ आ रही है :

"आ रे चंदा! हाथ सेंक ले!
बिरहा की आग मैंने आंगन में जलाई है।"

और मैं तुम्हें पत्र लिखने लग गई हूं। में बाहर आंगन में बैठी हुई हूं। उसने कोई और गीत शुरू किया, तो में तुम्हें लिखूंगी।

दिन ढल चला है। वही बोल सारा दिन गाती रही है। आज उसकी आवाज़ भी रुंधी हुई थी। कितनी देर तक उसकी आवाज़ निकली ही नहीं, रुक-रककर आवाज़ आई है :

"अगर नौकरी पर चले हो तो मुझे जेब में डाल लो,
जहां रात पड़े, मुझे निकालकर सीने से लगा लेना।"

हां, मुझे उसका एक गीत याद आया है। वह उसने आज तो नहीं गाया, पर पहले गाया करती थी :

"आपने न सुख का संदेशा भेजा
न आपने चिट्ठी भेजी है!

किसके हाथ मैं सुख का संदेशा भेजूं,
किसके हाथ मैं चिट्ठी भेजूं?

लिखने के लिए काग़ज़ नहीं है
कलम के लिए 'कानी' नहीं है

दिल का टुकड़ा मैं काग़ज़ बनाती हूं
और अंगुलियों को काटकर कानी

आंखों का काजल स्याही बनाती हूं
और आंसुओं का पानी डालती हूं

परछाइयां ढलने पर चिट्ठी लिखने बैठी हूं
मेरी आंखों से आंसू बरस रहे हैं..."

रसोई का दरवाज़ा अभी भी बंद है। बंद दरवाज़े से भी गुज़रकर मेरा मन उसके मन में समा गया है। इन गीतों में भला कौन-सा गीत है जो उसके मन का नहीं और मेरे मन का नहीं?

तुम्हारी
बंती

...!

एक बात मैं तुम्हें लिखना भूल गई थी। मेरी सास को कई दिनों, से रोज़ थोड़ा-थोड़ा बुख़ार हो आता है। लाख मिन्नतें करो, वह एक पल के लिए भी आराम नहीं करती।

"भाभी, इस तरह तो डाकिया सचमुच ही एक दिन ईश्वर की चिट्ठी ले आएगा? तुम ख़ुद ही अपनी जान की दुश्मन बनी हो"–एक दिन मैंने उससे कहा। पता है क्या कहने लगी? "तुम्हारा मुंह मीठा करूं, अगर सचमुच ही कोई डाकिया उसकी चिट्ठी ले आए!" सच कहती हूं, उसका दुःख देखकर तो मेरे मन का भी दुःख छोटा हो जाता है।

ये इतने वर्ष बीत गए। मैंने जानबूझकर ही तुम्हें कोई पत्र नहीं लिखा। वैसे तुम्हारे नए शहर का पता मैंने तलाश लिया था। पता है, जब कभी मैं तुम्हें पत्र लिखने की सोचती थी तो लगता कि अगर मैंने तुम्हें कुछ लिखा तो पता नहीं कौन-सी यादें मुझे चारों ओर से घेर लेंगी। तब तो मैं कई दिन होश न संभाल सकूंगी। मेरे हाथों से चीज़ें गिरने लगेंगी और तरकारियां जलने लगेंगी। अब तो सारा घर मुझे ही संभालना पड़ता है।

इतने वर्ष मेरी सास रस्सी की तरह बल खाती रही। चारपाई पर लेटी हुई जैसे उसी में खो जाती थी। उसका रंग कपास जैसा सफ़ेद पड़ गया था।

तुम्हें याद है या नहीं, एक बार मैंने तुम्हें लिखा था कि मेरी सास मिट्टी का चूल्हा क्या बनाती है जैसे कोई बुत तराशती हो। आए दिन पुराना चूल्हा तोड़कर नया चूल्हा बनाने का उसका ख़ब्त बीमारी में भी नहीं गया था। मैं उसे ज्यादा रोकती नहीं थी। जिस दिन वह मिट्टी गूंधती थी, उस दिन उसमें पता नहीं कहां से जान आ जाती थी!

क़रीब पंद्रह दिन की बात है, उसे ख़ून की उलटी आई थी। तब न तो हमें उसके जीने की आशा थी, न स्वयं उसे ही। दिन के समय जब मेरा देवर हकीम को बुलाने गया (मेरे ससुर का स्वर्गवास हो चुका है) तो मेरी सास ने मुझे अपने पास बुलाया, बोली–"मेरा कहना मानोगी?"

"बताओ भाभी, जो कुछ भी हो!" मेरा मन छलक रहा था। मैं उसकी चारपाई से सिर टेककर रोने लग गई थी।

"पगली कहीं की! रोती क्यों है? मैं तो एक-एक मिनट करके राह देख रही हूं कि कब यह प्राणों का पिंजरा टूटे, कब मेरी रूह आज़ाद हो जाए।"

"बताओ भाभी, क्या कहती हो?"

"तुम मुझे मिट्टी गूंध दो..."

"पागल हो गई हो? सांस तुम्हारे टूट रहे हैं...।"

"मुझे पता है, तभी तो कह रही हूं। आख़िरी बार, बस एक बार! नहीं तो अभी वह सड़ियल हकीम आ जाएगा।"

"भाभी, तुमने दुनिया के सारे मोह तोड़ डाले हैं। दुनिया से तुम्हारा मोह कभी हुआ ही नहीं, न ही तुम्हें रुपए-पैसे से प्यार, न तुम्हें अपनी जान की परवाह, फिर तुम्हें इस चूल्हे से ऐसा मोह क्यों?"

"चूल्हे के नीचे मैंने कुछ दबाया हुआ है," मौत के बिस्तर पर पड़ी मेरी सास हंसी और कहने लगी–"तुम यह न समझना कि मैंने मोहरों की हांडी दबाई हुई है!"

"भाभी, तुम्हारा दिल मुझसे छिपा नहीं है। जिस घर में तुम्हारा मन भर गया है, उस घर में तुम मोहरें क्यों दबाओगी? और मुझे भी मोहरों से कोई मोह नहीं।"

"यह मुझे पता है, अभी तो मैं तुम्हारे..."

"जो मन में है, कह दो, भाभी! मैं तुम्हारी बेटी भी हूं, और कह सको तो सहेली भी हूं।"

भाभी आंखों से रोई और होंठों से कहने लगी, "कभी-कभी मैं तुम्हें कहा करती थी कि आओ तुम्हें दाने भून दूं, मैं बहुत बड़ी भटियारिन हूं!"

"हां भाभी, मुझे याद है। पर मुझे ख़याल था कि तुम यों ही मज़ाक़ किया करती थी। तुम भला भटियारिन कैसे हुई?"

"नहीं बंती, मैं सचमुच भटियारिन हूं, किसी भट्टीवाले की भटियारिन। तुम अभी वह चूल्हा उखाड़ो तो नीचे की ईटें भी उखाड़ देना। कच्ची मिट्टी से ही लीपी हुई हैं।"

"नीचे क्या है?"

"छलनी–मेरे भटियारे की निशानी और साथ में एक अंगूठी भी– वह भी उसी की निशानी!"

और भाभी ने अपने उखड़ रहे सांसों से मुझे बताया कि उसे अपने गांव के एक लड़के से प्यार था। मोती नाम था उसका। लेकिन माता- पिता को नकली मोती पसंद आया। उन्होंने बेटी को कौड़ियों के मोल बेच दिया। विवाह को कुछ ही महीने हुए थे कि उदास मोती ने भटियारा बनकर इस गांव में भट्टी शुरू कर दी।

जब मेरी सास (रूपो नाम था उसका) दाने भुनाने गई तो मोती को भटियारा बना देख जैसे उसकी भट्ठी में ख़ुद ही भुन गई।

मोती ने जो क़दम उठाया था, उससे भला क्या बनता-संवरता? और रूपो का भी क्या संवरता? एक दिन रूपो उसके पांवों पर गिरकर रोई, "तुम्हें मेरी क़सम है जो तुम अपनी यह हालत बनाओ। भुने हुए बीज अब उगेंगे नहीं।" उसी दिन रूपो ने उसकी भट्टी तोड़ डाली। कड़ाही उससे उठाई नहीं गई इसलिए छलनी ही उठा लाई और उसे हुक्म दे आई कि अपने गांव वापस लौट जाए...

मोती न उसकी क़सम लौटा सका और न उसका हुक्म टाल सका। अपनी अंगूठी, एक निशानी, उसने रूपो को दी और दूसरे दिन पता नहीं कहां चला गया। मोती भटियारा क्या बना, रूपो को सारी उम्र के लिए भटियारिन बना गया। इसने उसकी छलनी और अंगूठी अपने पास रख ली। अंगूठी पर मोती कां नाम लिखा हुआ था। कहां छिपाती! चूल्हा तोड़कर उसने दोनों चीज़ें मिट्टी के नीचे दबा दीं और ऊपर नया चूल्हा बना दिया।

दिन-दिन-भर चूल्हे के पास बैठकर वह रोटियां क्या सेंकती, मन को सेंकती रहती। कभी-कभी उसका दिल बहुत उदास हो जाता। वह चूल्हा तोड़ देती, उसकी निशानियों को गले लगाती, रोती और गाती। फिर उसी तरह दोनों निशानियों को धरती के हवाले कर देती और ऊपर नया चूल्हा बनाकर उनकी रखवाली के लिए बैठी रहती।

भाभी की यह कहानी ख़तम हुई, तभी उसकी सांस ख़तम हो गई। उसे ख़ून की एक और उलटी आई और प्राणों का पिंजरा टूट गया, पंछी उड़ गया।

जितने वर्ष भाभी प्राणों के पिंजरे में बंद थी, मोती की अंगूठी कभी अपनी अंगुली में नहीं पहनी। जब उसकी रूह आज़ाद हो गई, तब मैंने चूल्हे को उखाड़ा और अंगूठी निकालकर उसकी अंगुली में डाल दी।

मैंने ही उसे नहलाना था, मैंने ही उस पर कफ़न डालना था, इसलिए मुझे डर नहीं था कि कोई उसके हाथ में पड़ी हुई अंगूठी पर मोती का नाम पढ़ लेगा। और जब तक लोग उसके फूल चुनते, तब तक अंगूठी पर से उसके मोती का नाम मिट ही जाना था।

छलनी मैंने अभी चूल्हे के नीचे रहने दी है। अगले महीने मेरी मां हरिद्वार जा रही है और मैंने अपने पति को मना लिया है कि मैं मां के साथ जाऊंगी, वहां भाभी के फूलों को बहा दूंगी। अब तुम समझ ही गई होगी। किस तरह ट्रंक में छलनी रखकर ले गई और उसके फूल छलनी में डालकर लहरों में बहा दिए...

ओ मेरी सहेली! मेरी अपनी सहेली!! आज तुम्हें न लिखूं तो और किसे लिखूं? मैंने भी अपनी यादों को आज ढूंढ़-ढूंढ़कर देखा है, एक सुर्ख रूमाल उनके नीचे संभालकर रखा हुआ है। चाहे कोई बंती हो, चाहे कोई रूपो या कोई और, किसने अपने मन की तहों में कोई रूमाल या कोई अंगूठी नहीं दबाई हुई होती!

हम अभागिनें, जो किसी से प्यार करती हैं, जन्म से भटियारिनें हो जाती हैं। दिल की भट्ठी पर अपनी सांसों को दानों को तरह भूनती हैं और यादों की छलनी में से वर्षों रेत छानती हैं।"

तुम्हारी

बंती : एक भटियारिन

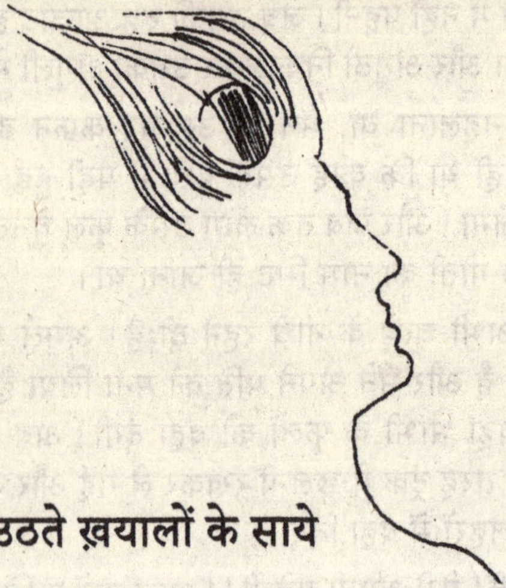

दामन से उठते ख़यालों के साये

बहुत दिन से स्वामी आनंद को जानती हूं। वो अक्सर ख़ामोश रहते हैं। उनके क़रीब वाले भी उनकी ख़ामोशी का मर्म नहीं जानते। कभी-कभी मेरे सामने वो अपनी अंतरप्राप्ति की बात कर देते थे इसलिए अब मेरा तक़ाज़ा था कि वो कण-कण जोड़कर उस प्राप्ति की बात काग़ज़ पर उतार दें। वो मानते नहीं थे, पर लगता है, मेरे तक़ाज़े का कोई असर होगा कि अब उन्होंने कुछ एक अनुभव क़लमबंद कर दिए।

स्वामी आनंद की क़लम से-हाल मुरीदों का

मैं क़रीब पांच साल का था जब कृष्ण की तस्वीर देखी। हाथों में पकड़ी तो हाथों से छोड़ नहीं पाया। न किसी ने कहा न सुना, पर मेरा माथा तस्वीर के पैरों पर झुका तो उठता नहीं था...

एक दिन ऐसा हुआ तो रोज़ होने लगा। मैं तस्वीर से खेंलता भी, उसके साथ रूठता भी, फिर ख़ुद ही मान जाता। रात को तस्वीर को लेकर अपने लिहाफ़ में छुपा लेता...

क़रीब-क़रीब उन्हीं दिनों की बात है, मैं एक बार एक महात्मा की समाधि पर चला गया। वहां से कुछ वाइब्रेशन्स ऐसी उठीं, मैं बावरा-सा हो गया और रोज़ सुबह उठकर वहां चला जाता। बहुत सुबह के अंधेरे में जैसे कोई मेरा हाथ पकड़कर ले जाता था। दिन की अभी लौ नहीं लगी होती थी इसलिए मैं वहां अकेला होता था।

समाधि के इर्द-गिर्द छोटी-छोटी पहाड़ियां थीं जिन्हें मुक़ामी ज़बान में हम ढाके कहते थे। उनमें जाने क्या जादू था, मैं देखता तो लगता वो सब देवी-देवता बैठे हुए हैं। उस अंधेरे में मुझे डर नहीं लगता था, लगता था कि वो देवता मेरी रक्षा करेंगे...

एक बहुत ऊंचा ढाका था, जाने कितनी दूर, पर देखने से लगता था जैसे नज़दीक हो, और अंदर से अहसास होता था कि उस पहाड़ी के शिखर पर देवी मां रहती हैं। और एक दिन मैं देवी मां से मिलने चल दिया। चलते-चलते शाम का अंधेरा उतर आया। चारों तरफ़ जंगल दिखाई देता था जिसमें कोई राह नहीं मिलती थी। पर मैं हैरान-सा एक चट्टान पर बैठ गया।

इतने में वहां एक आदमी आया और मुझसे पूछने लगा–"बेटा, कहां जाओगे? यहां कैसे आए हो?"

मैंने कहा–"देवी मां से मिलने जाना है, पर रास्ता नहीं मिल रहा।"

वो आदमी पता नहीं कौन था, मेरी बस्ती का नहीं था, लेकिन वो हंसा और मेरी बांह पकड़कर बोला–चलो, तुम्हें रास्ता दिखा दूं...और मुझे जंगल से निकालकर उसने मुझे मेरे गांव का रास्ता दिखा दिया।

अब तक मेरी मां मेरी तरफ़ से बहुत फ़िक्रमंद हो गई थी और मुझे घर की चारदीवारी में रखने के लिए उसने एक रास्ता पा लिया। वो गुटका पकड़कर पढ़ने लगती। गीता भी पढ़ती थी, गुटका भी, और फिर भजन गाने लगती। आहिस्ता-आहिस्ता मैं भी भजन गाने लगा।

ये भजनों के स्वर थे जो मेरे कानों से गुज़रकर मेरे सारे बदन में

उतरने लगे।

इस अनुभव को बता नहीं पाऊंगा। लगता, मैं एक साया हूं, अपने बदन जितना, और फिर वो साया सिकुड़ने लगा। होते-होते वो एक फुटबाल जितना हो गया। फिर और छोटा होने लगा तो एक गेंद जितना दिखाई देता था...

साथ ही लगा, मेरे पैरों से लेकर मेरे सिर तक एक तार बंधा हुआ है, जो बहुत चमकता है और कानों में गूंजता है...

ये तार भी फिर सिमटने लगा। पैरों से गले तक जैसे ग़ायब हो गया हो, और साथ ही मेरे पैरों से गले तक मेरे शरीर की चेतरा भी चली गई।

वो तार फिर मेरे गले से लेकर मेरे सिर के तालु तक रह गया, उसी तरह चमकता हुआ और गूंजता हुआ...

और कुछ समय पाकर वो तार मुश्किल से दो इंच रह गया और फिर मुश्किल से एक इंच। लेकिन वो मेरे सिर में हर समय गूंजता था और उसकी रौशनी भी मेरे सिर में स्थिर-सी हो गई।

1950 की बात है। जब दिल्ली में आना हुआ, तो पता चला कि एक जगह पंडित ओंकारनाथ ठाकुर का संगीत होगा।

बहुत बड़ा कमरा था, लोगों से भरा हुआ, जब पंडित जी ने कहा–पहले बंदेमातरम् का गायन होगा, इसलिए सब खड़े हो जाएं।

उस ख़ामोशी में जब पंडित जी ने आवाज़ उठाई, मेरी सांस जैसे रुक गई। उनकी आवाज़ कहीं अंतर के द्वार खोल रही थी।

उस समय मुझे लगा–आवाज़ रौशनी की एक तीख़ी लकीर बन गई है, आसमान में से निकलती बिजली की लकीर, जो सीधे मेरे सिर के तालु पर पड़ रही थी। मेरे होश खो रही थी। किसी स्वर का यह प्रभाव कई दिन मेरे गिर्द जैसे लिपटा रहा।

सूफियों-संतों के लिए मेरी तलब जाने कितने जन्मों की है। एक बार किसी महात्मा का पता चला जिनकी जागृत कुंडली का चर्चा था। मैं कुछ मित्रों के साथ उनके दर्शन को गया तो मुझे अकेले में अपने पास बुलाकर उन्होंने मेरे माथे को अपनी उंगली से स्पर्श किया...ख़ुदा जाने उन्होंने मेरे मस्तक में क्या जगा दिया, मैं तन-बदन से नीमबेहोश-सा हो गया, लेकिन यह भी लगा कि अंतर में एक फूल-सा खिल गया...

ऐसा एक अनुभव फिर हुआ, जब सुना कि हरिद्वार से कोई संन्यासी आए हैं। मैं पंद्रह दिन उनके पास जाता रहा, तो एक दिन कहने लगे—तुम्हें कुछ देना है।

दूसरे दिन उन्होंने कहीं चले जाना था। उस दिन उन्होंने मेरे माथे को हाथ से स्पर्श किया तो लगा, मेरा सारा अस्तित्व, सारा वजूद हवा मैं घुल गया है। जो बचा है—वो बिंदु मात्र चेतना है, जो एक रोशनी के सैलाब में तैरती हुई लुप्त हो गई है...

बहुत देर बाद जब होश में आया तो मैंने उस संन्यासी के क़दम छू लिए, मुंह से कुछ भी बोला नहीं गया...

कई-कई दिन मेरी हालत यह हो जाती है कि रांझा-रांझा कहते ही मैं ख़ुद ही रांझा हो जाती हूं...

फिर भी जब कहीं खबर मिलती है, किसी अल्लाह वाले की, किसी सांईं फ़क़ीर की, मेरे पैर मुझे वहां ले जाते हैं।

रुड़की में कलीयर शरोफ़ की ज़ियारत के लिए गया तो दरगाह से सिर नहीं उठाया गया। लेकिन शाम उतर रही थी और नमाज़ का समय हो रहा था। उस समय वो स्थान ख़ाली करना होता है, इसलिए सिर को थामकर मुझे बाहर आना पड़ा...

दिल्ली में हज़रत निज़ामुद्दीन औलिया की दरगाह पर गया तो बिछी हुई चादर का किनारा उठाकर अपना सर रखा, तो सरं उठाने का होश नहीं रहा। पता नहीं कितना वक़्त गुज़र गया। लोग सोचने लगे—पता नहीं

ज़िंदा है कि मर गया है, इसलिए मेरा सर उठाकर लोग मुझे होश में लाए। वो वाइब्रेशंस इतनी थीं कि मैं झेल नहीं पा रहा था...

दिल्ली में हंस बाबा देवराह आए। मिलने गया, तो लगा–मैं बांस का एक टुकड़ा था, और उनकी फूंक से में बांसुरी की तरह बजने लगा...

मैंने जब शिरडी सांई का नाम नहीं सुना हुआ था, तब एक घटना हुई। मेरे छोटे भाई का एक्सीडेंट हो गया। उसकी टांग टूट गई। डॉक्टरों ने इलाज किया, लेकिन जब ठीक हुआ, तो देखा, उसकी टांग क़रीब एक इंच छोटी हो गई थी, एड़ी ज़मीन पर नहीं लगती थी। मेरे भाई ने सोटी पकड़ ली चलने के लिए। तब लोगों ने उसे मुम्बई जाने के लिए कहा, कुछ डॉक्टरों के नाम बताए, लेकिन वहां जाने पर भी कुछ नहीं हो सका।

वह बहुत निराश था जब किसी ने उसे कहा–शिरडी चले जाओ, सांई की दरगाह पर...

वो शिरडी गया और जब द्वारका माई स्थान से पीछे को लौटा, दो-एक सीढ़ियां उतरनी थीं, तो उसके हाथ से सोटी फिसल गई, और वो पैरों के बल ज़मीन पर गिर पड़ा। उठा तो टांग ठीक थी, पैर ज़मीन पर लग रहा था। उसने गिरी हुई सोटी को फिर ज़मीन से उठाया नहीं और सांईं-सांईं बोलता घर लौट गया।

यह घटना थी कि मैंने शिरडी जाना चाहा। मुम्बई से न कोई गाड़ी मिल रही थी, न कोई बस। इतनी भीड़ थी कि पता चला, अभी दस दिन कोई सवारी नहीं मिलेगी। मैंने वहीं बस के अड्डे पर खड़े होकर सांईं को नमस्कार की, कहा–देख सांईं, हाल मुरीदों का...

मैं लौटने लगा था जब एक नावाकिफ़ आदमी मेरे पास आया। पूछने लगा–शिरडी जाना है?

मैंने कहा–जाना तो था, पर जाना नहीं हो पाएगा।

कहने लगा–आओ मेरे साथ।

मैंने कहा–अब कोई गाड़ी नहीं, कोई बस नहीं, कैसे जाएंगे?

वो कहने लगा–आओ, मेरी कार उस तरफ़ खड़ी है।

मैं हैरान-सा उसके साथ उसकी कार में बैठ गया। रास्ते में पूछा–आप मुझे जानते नहीं, मेरा नाम भी नहीं पूछा...

वो हंस दिया, कहने लगा–आपने भी तो मेरा नाम नहीं पूछा...

मैंने शिरडी सांईं के दर्शन किए–नहीं जानता मुझे क्या हो गया, मैं जिधर देखता था, सांईं नज़र आता था...होते-होते सांईं का आकार आसमान जितना हो गया...लगा, पूरा आसमान सांईं की काया है...

उस वक़्त अहसास हुआ, मैंने साक्षात सांई देख लिया है और सांईं ने हाल मुरीदों का देख लिया है।

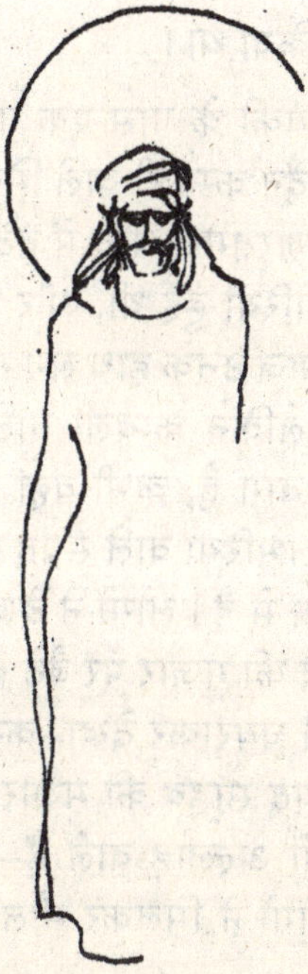

दामन में बैठी आस्था के साये

लखनऊ में चिक मंडी के पास मौलवीगंज में एक स्थान है– कम्बली वाले मियां का, जो लोगों से उनकी अज़मत देखकर बड़ी मुहब्बत से कायम किया था।

बात इस तरह हुई कि बाराबंकी के पास एक गांव है, सिंधोली, उसी के साथ लगते जंगल में एक दिन कम्बली वाले मियां अकेले बैठे थे कि पुलिस उन्हें पकड़ लाई और हज़रतगंज थाने में बंद कर दिया। उन दिनों आसपास के कई गांवों में चोरियां हुई थीं, और पुलिस ने समझा कि किसी बड़े गिरोह का मुखिया आज उनके हाथ लग गया है। पूछताछ हुई कि उनका गिरोह कहां है? लेकिन कम्बली वाले मियां ख़ामोश बैठे रहे। उधर जहां अब कम्पनी बाग़ है, कभी वहां जंगल होता था, जलभरिया नाम का, और वहां जलभरिया वाले सैयद साहब का मज़ार था, जो अब कम्पनी बाग़ की सीमा में है। लोगों ने देखा–कम्बली वाले मियां जलभरिया वाले सैयद साहब की मज़ार पर बैठे हैं। और यह बात जब पुलिस तक पहुंची, उन्होंने भी घबराकर देखा–कम्बली वाले मियां हवालात में बैठे हैं, और बाहर सैयद साहब की मज़ार पर भी। पुलिस ने उनसे माफ़ी चाही–कि आप तो अल्लाह वाले हैं–जाइए! हम पर रहम करें! यह घटना थी–जब लोगों ने मिलकर मौलवीगंज में उनका

अस्थाना बना दिया, जहां वे ख़ामोश बैठे रहते, और जब कोई अपने दुःख, रोग लेकर आता–वे काग़ज़ पर एक कलमा लिखकर, उसका एक तावीज़ बनाकर दे देते, ज़बान से सिर्फ़ इतना कहते–अल्लाह रहम करेगा...कई लोग अपनी-अपनी बोतल में पानी भरकर ले जाते, मियां के सामने रखते, वह पानी फूँक देते, कहते–अल्लाह रहम करेगा। बस, यही एक फ़िक़रा था, जो लोगों ने उनके होंठों से सुना, इसके अलावा वह कभी कुछ बोलते नहीं थे...

लखनऊ में हज़रतगंज कोतवाली के पास एक साधारण-सा घर है, जिस घर का मर्द बुलाकी, कम्बली वाले मियां का मुरीद हुआ, जिससे सांप के काटे हज़ारों लोगों ने फ़ैनज़ पाया। अब बुलाकी भी नहीं है, लेकिन उसकी बेटी है–धनदेई, जिसकी उम्र पचास साल के क़रीब होगी, तीन बेटों और एक बेटी की मां है–और उसे 6 जून, 1997 के दिन उसका फरीदाबाद में रहने वाला बेटा, मेरे पास लाया...

धनदेई चुस्त बदन की, सांवले रंग की प्यारी-सी औरत है, और मैंने देखा कि उसके माथे पर बड़ी-सी लोल बिंदिया है, गले में मंगलसूत्र...

मैंने पूछा–"सुना है, आपने कम्बली वाले मियां का दीदार पाया था..." वह हंस दी, कहने लगी–"मेरे अब्बा उनके मुरीद हुए थे, उन्हीं से फ़ैज़ पाया। मैं तब बहुत छोटी थी–जब मज़ारों पर जाने लगी थी... वही अकीदा बनता गया, यहां तक कि जब अब्बा के घर में एक बेटी की शादी थी, मुझसे बड़ी की, तब विवाह-शादी के लिए, जो भी जमा किया था, एक रात चोरों ने लूट लिया। आब्बा परेशान थे कि अब तो बारात को खाना खिलाने में भी कमी पड़ जाएगी, इसलिए कम्बली वाले मियां के पास गए, कि आप घर में क़दम रख दीजिए–जिससे बरकत होगी। कम्बली वाले मियां आए, हमारे घर के आंगन में एक खिननी का पेड़ है, उसी पेड़ के नीचे बैठे, और जब घर के लोग खाना परोसकर ले गए, तो वे पेड़ के नीचे नहीं थे। किसी ने उन्हें दूर खेतों में जाते हुए देखा

भी, पीछा भी किया, लेकिन वे ग़ायब हो गए...लेकिन शादी-विवाह में किसी बात की कमी नहीं आई..."

धनदेई के बोलने का लहजा, हिंदू औरतों के बोलने का-सा नहीं था, मैंने पूछा, तो कहने लगी–"हम लोग जिस गांव में पहले थे, वह सारा मुसलमानों का था। उनके बच्चे अपने बाप को अब्बा कहते थे, हम लोग भी अपने बाप को अब्बा कहने लगे। घर में बहुत ग़रीबी थी। अब्बा कोई काम तो करते नहीं थे, इसलिए कई बार भूखे पेट सोना होता था। मैं क़रीब दस साल की रही हूंगी, जब एक दिन मेरे साथ खेलने वाली लड़कियों ने कहा–'रोती क्यों हो? पहलवान बाबा के मज़ार पर जाकर मन्नत मांगो।' मैं एक दिन अकेली, दो पैसे की खुटिया लेकर मज़ार पर चली गई...खुटिया हमारे यहां रेवड़ी को कहते हैं। और मैंने मज़ार पर खुटिया रख दी, फिर आसपास खेलने लगी। वहां कोई नहीं था। जब लौटने लगी तो देखा, मज़ार पर खुटिया नहीं थी, उसकी जगह दो आने पड़े थे। मैंने वह लिए और नाचती-सी घर लौट आई। इस तरह जब भी दुखी होती, दो पैसे की खुटिया लेकर मज़ार पर चली जाती, और उसकी जगह जब मज़ार पर पैसे मिल जाते मैं उठा लाती। होते-होते घर में पता चला, तो मां मुझे मारने लगी–कि मैं कहीं से किसी के पैसे चुराकर लाती हूं। मैंने बहुत कहा–'आप ख़ुद जाकर देख लो। मैं झूठ नहीं कहती।' मां और उसके साथ घर के एक-दो लोग मेरे साथ गए। मज़ार पर कोई नहीं था। मैंने सबके सामने खुटियां रख दी मज़ार पर और कहा–'आप सब लोग ज़रा इधर-उधर घूम लें।' थोड़ा-सा इधर- उधर होकर जब सभी मज़ार पर आए, तो वहां ढाई आने पड़े थे। इस तरह घर के लोग तो मान गए, लेकिन मेरे साथ यह जो मुआज़ज़ा होता था, फिर नहीं हुआ...बाबा को पसंद नहीं था कि लोग इस मुआज़ज़े की बात करें।"

मैंने पूछा–"लेकिन पूरे घर में एक मानता तो बन गई होगी...?"

वह कहने लगी–"वह तो पहले से थी। हमारे घर के आंगन में जो खिननी का पेड़ है, उस पर कोई साया है। वहां हर बृहस्पतिवार को हमलोग खुटिया चढ़ाते थे, फूलमाला भी, और अगरबत्ती जलाते थे। अब

तक मेरी भाभी उसी घर में है—और वह अकीदा अब तक बना हुआ है...”

मैंने पूछा—“वह मज़ार से पैसे मिलने वाला मुआज़ज़ा तो फिर नहीं हुआ, लेकिन और कई ऐसे वाक़यात हुए होंगे...”

वह कहने लगी—“हां, बराबर होते हैं। मेरी शादी हुई, तो नौ साल तक मेरे यहां बच्चा नहीं हुआ। ससुराल वाले मुझे बांझ कहने लगे। मैं दुखी होकर कम्बली वाले मियां के पास गई, उन्होंने तावीज़ दिया, कहा— ‘अल्लाह रहम करेगा।’ लेकिन जब मैंने तावीज़ पहना, ससुराल वाले बहुत नाराज़ रहने लगे। मैंने गुस्से में तावीज़ उतारकर एक तरफ़ रख दिया। और वह तावीज़ ग़ायब हा गया। मैं बहुत परेशान थी। जनाबे अब्बास की दरगाह पर गई, रोई और मन्नत मांगी कि सोने-चांदी के दो अलम चढ़ाऊंगी, फ़क़ीर बाबा, मुझे बेटा दे दीजिए!

“मेरा आदमी कुछ मेरी बात सुनता था, उसे लेकर मैं जिनातों की मस्जिद में भी गई, और चांदी के चिराग़ की मन्नत मानी। वहां मेरे आदमी को ताक़ पर बैठा एक काला सांप दिखाई दिया, जो फ़न हिलाकर जैसे मुराद दे रहा था। मेरे आदमी ने उसके आगे हाथ जोड़े, और हम लोग लौट आए। ठीक एक साल के अंदर मेरे यहां बेटा पैदा हुआ...फिर मैंने और मेरे आदमी ने जिनातों की दरगाह पर चांदी का चिराग़ भी दिया, और जनाबे अब्बास की दरगाह पर एक सोने का और एक चांदी का, दो छोटे-छोटे अलम भी चढ़ाए...”

मैं अलम लफ़्ज़ को पकड़ नहीं पा रही थी, इसलिए धनदेई ने कहा- “अलम हाथ के पंजे को कहते हैं, वही दो छोटे-छोटे पंजे वहां चढ़ाए थे...?” मैंने आगे पूछा— “कम्बली वाले मियां कब तक इस फितरी काया में रहे?”

धनदेई ने कहा—“शायद 1970 था, जब वे पर्दा कर गए।”

यह काया को छोड़ देने की बात जिस तरह धनदेई ने पर्दा कर लेने की कही, मुझे वह अंदाज़ बहुत प्यारा लगा। सचमुच अकीदत वालों के अंदाज़ ही कुछ और होते हैं...

मैंने पूछा—"अब भी कभी दरगाहों, मज़ारों पर जाना होता है?"

वह कहने लगी—"अब भी हम लोग साल में एक बार इमामबाड़े में ताज़िया चढ़ाते हैं। मुहरम के दसवें दिन ताज़िया दफन करते हैं। और मुहर्रम के दिनों में सिर-बदन पर तेल नहीं लगाते, नए कपड़े नहीं पहनते, माथे पर बिंदी, मांग में सिंदूर नहीं लगाते। वे गम के दिन होते हैं। अगर गाते हैं तो सिर्फ़ नोहे गाते हैं..."

मैंने प्यार से कहा— "कुछ गाकर नहीं सुनाएंगी?"

और धनदेई ने हौले से गाया—रो-रोके पूछती है–बानो शाहे-ज़मन से—झूला जो ख़ाली देखा, रोकर सकीना बोली, अम्मा, हमारे असगर,अब तक न आए रण से और वह कहने लगी— "मेरा बेटा छः: महीने का था, जब उसकी आंख ख़राब हो गई, डॉक्टरों ने नासूर बताया। मैंने दुआ मांगी— 'बाबा, आपकी अमानत है, आपकी ज़मानत में रहेंगे' —और दरगाह पर जाकर बच्चे की आंख पर ऊदी लगा दी, वहीं के पानी से आंख धो दी, और आंख ठीक हो गई..."

मैंने पूछा—कभी किसी हिंदू देवी-देवता से भी मुराद मांगी है?"

वह कहने लगी—"हां, ललित पाठ करती हूं—उन्होंने भी मेरे एक बच्चे की बीमारी को एक ही रात में ठीक कर दिया, जब मैंने रो-रोकर उनसे दुआ मांगी..."

मैंने पूछा—"जब अब्बा नहीं रहे, तो आपको बड़ा मुश्किल लगा होगा?"

वह कहने लगी— "लेकिन अब्बा की सवारी आती है—घर में जो भी मुश्किल हो, मददगार होती है।"

"क्या मतलब?" मैं हैरान-सी उसकी तरफ़ देखने लगी, तो उसके बेटे ने कहा—"अम्मा तो होश में नहीं रहतीं, और इनकी आवाज़ बदल जाती है, लेकिन हम लोग, घर के लोग, समझ जाते हैं कि नाना जी की सवारी आई है। उस समय जो भी मुश्किल होती है, हम सवाल करते हैं, और नाना जी जवाब देते हैं—अम्मा की आवाज़ में लेकिन वह आवाज़

अम्मा की नहीं होती, नाना जी की होती है। यह तो फिर थककर सो जाती हैं—और इन्हें कुछ पता नहीं रहता कि क्या हुआ, लेकिन हम लोग उस वक़्त जो चाहें पूछ सकते हैं।"

धनदेई कहने लगी— "अब्बा आते थे, 1992 तक। अब नहीं आते। अब एक लाखन हैं, जो आते हैं और कहते हैं— 'मैं अब्बा नहीं हूं, लेकिन उनकी ख़िदमत में रहता हूं।' यह सब मुझे बच्चे बताते हैं, मैं तो होश में नहीं होती। हां, इतना ज़रूर हुआ था कि एक बार मैंने अब्बा को ख़्वाब में देखा, उनके साथ कुछ और लोग भी थे, मैंने पूछा—'हमें छोड़कर कहां जा रहे हो अब्बा?' अब्बा कहने लगे—'अकबरी, हज पर जा रहा हूं, तब से उनकी सवारी नहीं आती, लाखन की आती है'..."

मैंने पूछा—"जब अब्बा नहीं रहे, तो आपको पता चला कि अब वे कहां रहते हैं?"

धनदेई ने कहा—"हां, मूसा बाग़ के मज़ार पर रहने लगे थे। एक बार मेरे आदमी ने घर में हंगामा कर दिया। मैं उस रात रोती-रोती मूसा बाग़ के मज़ार पर चली गई। कहा—'अब्बा! मैं कहां जाऊं। मैं आपके पास रहूंगी।' उस वक़्त रात के अंधेरे में एक बुज़ुर्ग कहीं से आए, कहने लगे—'देखो! रात के वक़्त मज़ार पर नहीं आते। जाओ घर लौट जाओ!' और मेरा हाथ पकड़कर, मुझे बाहर की सड़क तक छोड़ गए। तब मैंने देखा, वह मेरे अब्बा ही थे।"

मैंने पूछा—"जब कभी किसी मज़ार पर जाती हैं, इसी तरह हिंदू औरत की तरह माथे पर बिंदी लगी रहती है?"

वह कहने लगी—"हां, लगी रहती है, मज़ावर लोग जानते हैं। सिर्फ़ इतना फ़र्क़ होता है कि रोज़े तक हिंदू औरतों को नहीं जाने देते। वहां सिर्फ़ मुसलमान औरतें जाती हैं। लेकिन कभी वहां कोई न हो, तो मज़ावर बोल देते हैं— 'बात तो अकीदे की है, जाओ बीबी! रोज़े के पास चली जाओ। जो मुराद मांगनी है, मांग लो!'"

यह हिंदू-मुसलमान अकीदे किस तरह घुले-मिले हैं—इनकी बात करते हुए धनदेई ने कहा—"मैं सपने में वैष्णो देवी भी गई थी, गोरखनाथ

के स्थान पर भी, और फिर जब सचमुच वैष्णो देवी जाना हुआ—मैंने वह स्थान एकदम पहचान लिया कि यह तो मेरा देखा हुआ है। इसी तरह एक बार गोरखनाथ के मंदिर में जाना हुआ, जाते ही पहचान गई, कि यह सब देख चुकी हूं..." धनदेई न हिंदी जानती है न उर्दू। ज़ाहिर है कि उसने न मेरी कोई किताब पढ़ी थी, न कभी मेरा नाम सुना था। यह तो आज उसका बेटा उसे मेरे पास ले आया था। अचानक वह कहने लगी— "मैंने आपको भी ख्वाब में देखा था, आज से ढाई साल पहले..."

और धनदेई ने जो कुछ कहा, वह सब में आपके पास रखना चाहती हूं, लिखना नहीं चाहती। सोचती हूं कुछ अपने पास रखने का मेरा हक़ बनता है...बस इतना ही कहूंगी—अल्लाह रहम करेगा!

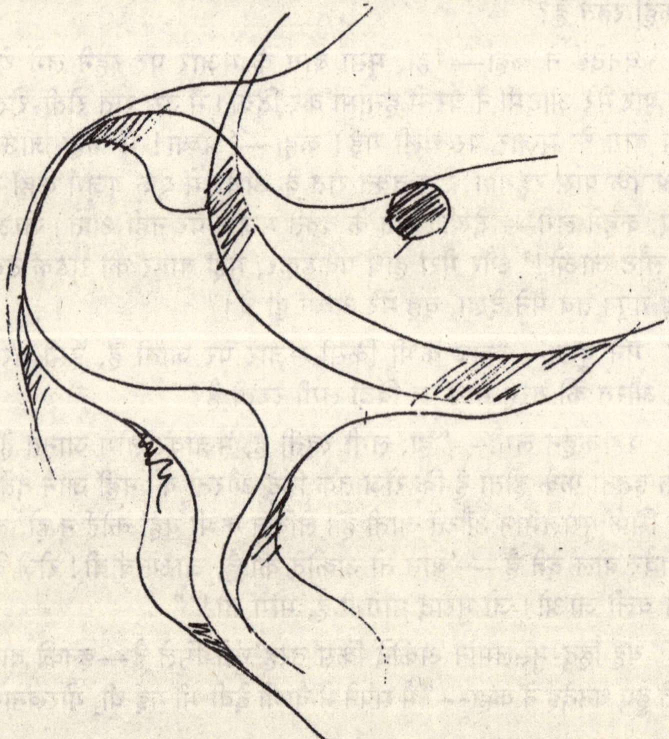

दामन से उठते चेतना के साये

लिडिया ने एक बुत को तराश लिया, और कुछ दूरी पर खड़ी होकर उसको देखती खड़ी रह गई...

न जाने हवा का एक झोंका था, या उसके ख़यालों का, उसको लगा—उसके सामने एक अक्षर हिल रहा है—मां।

उसने एक गहरी सांस ली और सोचा—वह इस बुत का नाम 'कॉस्मिक मां' रखेगी।

मां लफ़्ज़ से एक वादी उसकी आंखों के आगे बिछ गई, फलों और फूलों से भरी हुई, जहां वह छोटी-सी फ्राक पहने, अपनी मां का हाथ छुड़ाकर कभी नीले फलों को चुन रही थी, कभी पेड़ों की जड़ों के पास उगी हुई खुंबियों को ढूंढ रही थी, और फिर पेड़ों से लाल- लाल चेरी तोड़ रही थी।

यादों ने एक जादू-सा कर दिया, और जिस गांव की वह वादी थी, उसका नाम भी याद आया, 'श्वेत्जेनित्ज़'।

उस गांव के दामन में जो नदी बहती थी, उसका नाम भी लिडिया को याद आया—एल्बे...

अब वादी के फूलों की खुशबू में घर की रसोई में से आती खुशबू

भी मिल गई और लिडिया को लगा—आज उसकी मां ने फिर उसके लिए आटे में फूल गूंधकर उसकी पसंद की रोटी बनाई है, और अब वह रोटी भाप में पक रही है...उस रोटी का भूला हुआ स्वाद उसके मुंह में आने लगा, और साथ ही उस रोटी का भूला हुआ नाम भी याद आया—'फ्रूट टमलिंग'।

चिरकाल से टूटे हुए धागों को न जाने कौन जोड़ रहा था कि एक जाल-सा उसके चारों ओर बिछ गया...

और वह यादों के जाल में लिपटी हुई वादी के चारों ओर की छोटी-छोटी पहाड़ियों की ओर देखने लग गई...

बाप की आवाज़ उसके कानों को छू गई, "बच्चो! यह बोहीमिया वादी, जहां हम रहते हैं, अब चैकोस्लोाकिया की है। लिडिया! तू 1926 में पैदा हुई थी और यह रिपब्लिक 1918 में बनी थी। पहली बड़ी जंग के बाद। इसलिए तुझे पता नहीं हो सकता कि पहले इसका नाम चैकोस्लोवाकिया नहीं होता था। यहां चैक ज़बान बोलने वाले लोग भी रहते थे और स्लोवाक बोलने वाले भी, पर धरती का यह टुकड़ा आस्ट्रियन-हंगेरियन राज्य में होता था। इसके चारों ओर कई देश लगते हैं। हंगरी, पोलैंड, जर्मनी, आस्ट्रिया, रूस, रोमानिया, बल्गारिया। और जंग के बाद चैक और स्लोवाक दो ज़बानों के लोगों को मिलाकर यह चैकोस्लोवाकिया रिपब्लिक बनी थी।"

वादी की हरियाली का और घर की ख़ुशहाली का मंज़र लिडिया मोहित आंखों के साथ देख रही थी कि आंखों के आगे एक भयानक अंधेरा-सा आ गया...

लिडिया की चेतना सकपका गई। यह दूसरी बड़ी जंग का वक़्त था, जब हमारे घरों की मिल्कीयत हमसे छीन ली गई थी। मेरे मां-बाप की वह फैक्टरी भी छीन ली गई थी, जहां मेरी मां ड्रेस-डिज़ाइनर थी...और हम सब एक कैम्प में डाल दिए गए थे, जहां रूस के अधीन होकर दैनिक मज़दूर बनने के सिवा हमारा कोई भविष्य नहीं था। और उस वक़्त हमारे परिवार ने पूर्वी जर्मनी में जाकर पनाह ले ली थी।

लिडिया ने पोरों पर गिनकर बरसों का हिसाब लगाया कि वह 1945 से लेकर 1947 तक के तीन बरस थे, और साथ ही उसको लगा जैसे उसके पोरों में सुइयों के चुभने की-सी पीड़ा हो रही हो...

यह पूर्वी जर्मनी में रहनेवाले तीन बरस थे जहां लिडिया अपनी मां के साथ मिलकर दिन-रात किसानों के कपड़े सीती रहती थी कि उसके बदले में उनके परिवार को किसानों से आटा, चावल और कुछ सब्ज़ी-भाजी मिल जाए...

जर्मनी देश अब दो टुकड़ों में बंट गया था, और मां को उम्मीद-सी बंधती थी कि अगर उसका परिवार किसी तरह पश्चिमी जर्मनी पहुंच जाए, तो उसका 'ड्रेस-डिज़ाइनिंग' का हुनर उसको अच्छी रोटी दे सकता है...

"इसके लिए लिडिया और उसकी मां ने एक जुगाड़ लगाई थी कि वे दोनों मिलकर किसी तरह रात के अंधेरे में सीमा पार कर लेंगी, फिर काम ढूंढ़कर घर के बाकी लोगों को भी उस ओर ले जाएंगी, पर...

लिडिया और उसकी मां सीमा पार करती हुई पकड़ी गई थीं... और उनके सामने सिर्फ़ हवालात का दरवाज़ा था।

हवालात के दिन, रातों से भी अधिक काले थे लेकिन जब गुज़र गए, तो लिडिया को और उसकी मां को वापस पूर्वी जर्मनी भेज दिया गया।

एक और बरस सब्र के एक और घूंट जैसा था, जो सारे परिवार ने भर लिया, और फिर अकेली लिडिया ने हिम्मत कर ली कि वह किसी तरह से सरहद्र पार करेगी...

उन दिनों रूसी क़ैद से छोड़े गए जर्मन सिपाही गाड़ियों में वापस भेजे जा रहे थे। उसी एक गाड़ी में लिडिया ने लुक-छिपकर अपने लिए जगह बना ली थी, और जब उसके बारे में कुछ जर्मन सिपाहियों को पता चला, तो एक दिलवाले सिपाही ने कहा—"तू डर मत लड़की! जब कोई इंस्पेक्टर रास्ते में आ गया, तो मैं कहूंगा कि तू मेरी बीवी है। हम लोगों को जहां उतारा जाएगा, हमारे रहने के स्थान पर, वह सरहद के साथ लगती है। वहां से किसी तरह तुझे पश्चिम की ओर भेज दूंगा।"

और वहां अपने मुकाम पर पहुंचकर जब सिपाहियों ने अपने-अपने घर की राह ली, तो वह सिपाही लिडिया को अपने घर ले गया, जहां पहुंचाने वालों ने उसके घरवालों से कहा—यह तुम्हारा बेटा है और यह तुम्हारी बहू...

घर की मां ने दोनों का स्वागत किया और रात को जब दोनों का अलग कमरा कुछ सजाने लगी, तो लिडिया ने मां की छाती से सिर लगा लिया और कहा, "मैं आपकी बेटी हूं, बहू नहीं..."

आज जब लिडिया को वह वक़्त याद आया, तो उन लोगों के प्यार से उसका मन भीग आया—कितने अच्छे लोग थे...

उसने अपनी याददाश्त पर बड़ा ज़ोर डाला, पर उसे उस सिपाही का नाम याद नहीं आया। और फिर धीरे से उसके होंठ हंस पड़े—ईश्वर का भी कोई नाम नहीं होता...और उसके अच्छे लोगों का भी कोई नाम नहीं होता...

फिर उस सिपाही ने यह किया—किसी दोस्त को कहा कि उसको वह किसी तरह सरहद से पार पहुंचा आए। साथ ही उसने रास्ते के ख़र्च के लिए कुछ पैसे भी लिडिया को दिए थे।

ड्रेस-डिज़ाइनर का काम लिडिया को क्लोन में मिला था, जहां कुछ पैसे कमाकर उसने अपने घरवालों को बारी-बारी से वहां बुला लिया था। उन लोगों के आने में भी उसी सिपाही ने मदद की थी।

अब मां और बेटी का हुनर काम आया। और सारा परिवार पश्चिम जर्मनी में फिर खाते-पीते परिवारों-सा हो गया।

अब लिडिया भरी जवानी में थी, अच्छा कमाती थी, इसलिए एक जर्मन नौजवान के साथ उसकी शादी की बात चलने लगी...और वह ठीक वही समय था, जब जर्मन वालों ने फौज में जबरन भर्ती शुरू कर दी थी। उस वक़्त लिडिया के बाप ने कहा—"मैंने ज़िंदगी में दो बार जंग देखी है, जंग की भयानकता मेरे रोम-रोम पर लिखी हुई है, में अपने बेटों को जंगी वर्दी नहीं पहनने दूंगा..."

अब आगे कहां पनाह ली जाए? धरती के किस टुकड़े पर? यह एक आग की तरह जलता सवाल था, जिसकी तपिश से सारे घर के लोगों की सांस सूख गई थी।

लिडिया का बड़ा भाई बहुत दिनों से बीमार चला आ रहा था। और लिडिया ही एक बड़ी बेटी थी, जो मां के काम का सहारा थी। बाकी सब बच्चे अभी छोटे थे। इसलिए बाप ने जब कैनेडा जाने की बात सोच ली, तो लिडिया की शादी करके उसे जर्मनी में छोड़ जाना नहीं सोचा जा सकता था। उस वक़्त लिडिया ने अपने जर्मन मित्र से कहा कि वह एक बरस के बाद वापस आ जाएगी और आकर उससे शादी करेगी...

पर यह कैनेडा की धरती थी जहां लिडिया ने अच्छा रोज़गार बना लिया, तो उसके पैर पीछे जर्मनी जाने लायक नहीं रहे। उसके पैर एक प्रश्नचिह्न बन गए—में कौन हूं? कोई रास्ता भी अपना नहीं लगता—न कोई मिट्टी पहचानी हुई लगती है—मैं कभी शादी नहीं करना चाहती, कभी मां नहीं बनना चाहती...

उसने अपने बड़े भाई के लिए मांट्रियल में कॉफ़ी हाउस खोला, स्वयं उसने बरसाती कोट बनाने की ख़ूब महारत हासिल की। छोटे भाइयों को इंजीनियरिंग की पढ़ाई करवाई। बहनों को स्कूल टीचर और ड्रेस- डिज़ाइनर बनाया। और जब कैनेडा में वह 'रेन कोट क्वीन' के नाम से मशहूर हो गई, तो प्रश्नचिह्न बन गए पैरों को दुनिया दिखाने चल दी।

यह 1968 का वर्ष था, जब उसने 'ट्रिप अराउंड दी वर्ल्ड' किया। पर पैरों को किसी सवाल का जवाब नहीं मिला।

फिर 1972 आ गया। नवम्बर के महीने में हिंदुस्तान में अंतर्राष्ट्रीय व्यापार मेला हुआ, जहां वह अपने डिज़ाइन भी लेकर आई और हिंदुस्तान के टेक्स्टाइल को देखने के लिए भी।

और इस मिट्टी ने उसके पैरों को बांध लिया। लिडिया को लगा जैसे किसी प्राचीन काल में वह यहीं जन्मी थी और उसकी प्राचीन जड़ें इसी मिट्टी में हैं...

जिस काल को भारत की 'गोल्डन एज' कहा जाता है, उस काल

का अजीब मंज़र लिडिया ने सपनों में देखा, जो शायद किसी प्राचीन संकेत का एक टूटा हुआ धागा था—कि जब उसकी मुलाक़ात श्री कांतिलाल मेहता के साथ हुई—उसे लगा, जैसे टूटे हुए धागे आपस में मिल गए हों।

श्री मेहता आई-सर्जन थे, जो 18 बरस की उम्र में इंग्लैंड चले गए थे और वहां ही शादी करके, तलाक़ लेकर, अब 1970 में अकेले अपने देश लौट आए थे...

लिडिया का और श्री मेहता का अपना-अपना अकेलापन था—एक धागे के दो टुकड़ों की तरह। धागा मिल गया तो लिडिया ने कैनेडा से अपने हिस्से का पैसा मंगवाकर वह घर बनाना शुरू किया—जो उन दोनों का घर बना।

आज पंचशील एन्क्लेव में वही लिडिया का घर है, और श्री मेहता की मौत के बाद भी वह लिडिया मेहता है। मेहता की याद को अपने साथ संजोकर...

उसने लगभग चार बरस किसी फ़र्म में ड्रेस-डिज़ाइनर की नौकरी की थी, पर नौकरी के स्वभाव में जो मालिक और नौकर वाला रिश्ता बना होता है, वह लिडिया को रास नहीं आया और वह नौकरी छोड़कर मिट्टी के बुत बनाने लग गई। उसके हुनर की नुमाइश तीन बार दिल्ली में हुई है, तीन बार बम्बई में, एक बार मद्रास में और एक बार मांट्रियल में...

पर यह नुमाइशें उसकी रूह की तसकीन नहीं बनीं। वह 'स्व' की पहचान को, पुनर्जन्म के सिद्धांत को और निर्वाण की कल्पना को आकारमय करने लग गई।

और उसको आकारमय करते हुए जब एक दिन एक शक्तिमय चेहरा उसने तराश लिया, तो उसे लगा यह कॉस्मिक शक्ति का चेहरा है, कॉस्मिक मां का...

अब उसके यह बुत उसे कई बार धड़कते-से लगते हैं...शायद उसका चिंतन मिट्टी के बुतों में प्राण-प्रतिष्ठा कर देता है, या शायद उसका अपना सूक्ष्म शरीर उनमें प्रवेश कर जाता है...

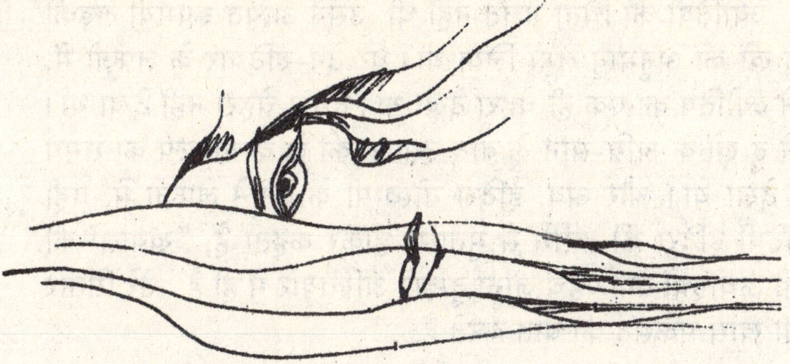

दामन में उतरता सितारों का साया

देन-रुदियार अमेरिका का वह आलम है, जिसने तीन से ज़्यादा किताबें लिखी हैं—शायरी के बारे में, संगीत के बारे में, रूहानी नज़रिए के बारे में और ज्योतिष के बारे में। उसने ज्योतिष को रूहानी पहलू से नई डायमेंशंस दी हैं, और वह चेतना की हर सतह से उतरता—सितारों की ग़र्दिश के उस समय की ओर संकेत करता है, जब इंसान के पांव के नीचे से उसकी हिफ़ाज़त की और उसके पहचाने हुए हर मकसद की ज़मीन हिल जाती है, और फिर बिल्कुल नए मकसद उसके सामने किसी ग़ैबी ताक़त से अजनबी फूलों की तरह खिल उठते हैं....

और यह समय इंसान के कायाकल्प का समय होता है...और इस अग्नि-स्नान की बात करते हुए देन-रुदियार ज्योतिष को, 'टू फेसिज़ ऑफ एस्ट्रॉलोजी' कहता है...

हमारे यहां आसाम की धरती ज्योतिष की जन्मभूमि है। और आज जो इंदिरा गोस्वामी असमी साहित्य का गौरव बन गई है, उसी की जवानी के समय, आसाम के नव-ग्रह मंदिर के ज्योतिषी ने इसकी मां को कहा था—"लड़की के सितारे इतने ख़राब हैं कि लड़की को दो टुकड़ों में काटकर ब्रह्मपुत्र नदी में फेंक दो।"

ज्योतिषी की चिंता ग़लत नहीं थी, उसने अत्यंत रूपमयी लड़की के दुःखों का अनुमान लगा लिया था। पर देन-रुदियार के लफ़्ज़ो में, उसने ज्योतिष का एक ही चेहरा देखा था। दूसरा चेहरा नहीं देखा था। उसने दुःखों के अग्नि-स्नान के बाद उस लड़की के कायाकल्प का समय नहीं देखा था। और अब, इंदिरा गोस्वामी के अपने लफ़्ज़ो में, वही ज्योतिषी इंदिरा की क़लम से मुतासर होकर कहता है, "ख़यालों की इतनी ऊंचाइयों तक पहुंच जाना तुम्हारे अख़्तियार में ही है...तेरे सितारे किसी ख़ास मकसद की बात करते हैं..."

अपने दादा की जागीर के पांच हाथियों के साथ खेलने वाली यह असमी सुंदरी, एजुकेशन के स्टेट डायरेक्टर बाप की निगरानी में शिलौंग के पाइन माउंट स्कूल में तालीम पाकर भी बचपन से मौत की परछाइयों से घिर गई थी। अभी उसने कोई मौत नहीं देखी थी, पर बाप को इस क़द्र मुहब्बत करती थी कि उसकी मौत की कल्पना करके वह इतना घबरा जाती थी कि जहां झील का गहरा पानी देखती वहीं डूब जाना चाहती...

ज़मीन के क़ानून ने चाहे दादा की जागीर की धज्जियां उड़ा दीं तो भी उसके बाप की हैसियत और उसका बेपनाह हुस्न—उसके लिए रोज़ रिश्ते की मांग लेकर आता था। पर वह ख़ौफ़ जो इंदिरा के मन की अचेतन सतह में बैठा हुआ था, उसकी पहली क़िस्त सचमुच देनी पड़ गई—जब अचानक बाप की मौत हो गई। और साथ ही बड़े घरों से रिश्ते की मांग ने भी मुंह फेर लिया।

इससे पहले आत्महत्या उसकी ज़ेहनी बेकसी थी, पर अब सचमुच उसका पैर उस ज़मीन पर रखा गया, जहां से वापस नहीं आया जा सकता था। 1961 का समय था, जब गोहाटी के सिविल अस्पताल में वह कई दिन बेहोश पड़ी रही थी...पर उसके पांव फिर इसी ज़िंदगी की ओर लौटा लिए गए थे...

पर यह वक़्त था—जब उसे आगे की दुनिया का नहीं इसी दुनिया का दोज़ख़ देखना पड़ा...समाज का दोज़ख़...

लोग दबे होंठों से बातें करने लगे...क्वारी को किसी का हमल ठहर गया होगा, तभी तो मरने लगी थी...

और तन-मन से पवित्र कुमारी इस सुंदरी को अहसास हो गया कि अब जीना है तो किस प्रकार की दुनिया में जीना है

उस समय के सितारों की ग़र्दिश का मुझे पता नहीं, पर वह वक़्त था कि कुदरत की ओर से इंदिरा के कायाकल्प की पहली क़िस्त उसे मिली और उसने क़लम पकड़ ली—अदबी तख़लीक के लिए...

वह कहानियां लिखती रही और वह छपती रहीं, पर मां को उसके विवाह का फ़िक्र था।

क़ुदरत ने एक प्यारा-सा संकेत दिया। दक्षिण भारत का एक नौजवान इंजीनियर उनके पड़ोस में रहने लगा, और कई दिनों और महीनों की ख़ामोशी के बाद इंदिरा के लिए उसकी मुहब्बत ने कुछ बोलने की हिम्मत कर ली। ब्रह्मपुत्र दरिया के किनारे शाम को डूबते सूरज का दृश्य इंदिरा के लफ़्ज़ो में ख़ूबसूरती का कयामती दृश्य होता है और वही उस नौजवान ने इंदिरा के साथ मिलकर देखना चाहा...और वक़्त के लम्बे फ़ासले के बाद उसने इंदिरा की मां के आगे विवाह का सवाल रखा। मां की नज़र में वह कोई दक्षिण भारत का नहीं, आसाम का नौजवान होना चाहिए था, जो वह नहीं था। इसलिए फिर एक ख़ामोशी एक वीरानगी की तरह इंदिरा के पांवों के आगे बिछ गई...

मां को वागला देवी की पूजा के लिए जब पंडितजनों ने सुझाव दिया, जो काली देवी के एक रूप वागला देवी की मन्नत यह थी कि बड़े सुंदर काले रंगे के बकरे की बलि देकर, उसका खून इंदिरा के माथे पर टीके की तरह लगाना था...

वह वक़्त फिर इंदिरा के लिए अग्नि-स्नान का समय था...वहां मंदिर में बैठे ही, बकरे की मौत की कल्पना पर ही वह रोने लग पड़ी... और पंडितों की नज़र में यह अपशकुन हो गया...और फिर जब गर्म ताज़े ख़ून का टीका उसके माथे पर लगाया गया—तो कई दिन उसका माथा उसकी अनुभूति से ही सुलगता रहा...

इंदिरा की आत्मकथा 'लाइफ़ इज़ नो बारगेन' उसके कायाकल्प का एक दस्तावेज़ है। आख़िर में दक्षिण भारत के उसी नौजवान इंजीनियर मधु के साथ इंदिरा का विवाह, और मधु के साथ गुज़ारे हुए ज़िंदगी के क़ीमती दिन, और फिर जीप के हादसे से मधु को मौत, यह सितारों की किसी भयानक ग़र्दिश में से गुज़रने का वक़्त था, जो इंदिरा ने बड़ी हिम्मत से लिखा है...

यह किताब उसकी आत्मकथा का एक हिस्सा है। इसमें उसने मधु के साथ बिताए हुए दिनों की बात करते हुए रेगिस्तान और कश्मीर की अलग-अलग तरह की ख़ूबसूरती का जैसे वर्णन किया है, वह अपने आप में बहुत बढ़िया अदबी तख़लीक है...

आत्मकथा का आगे का हिस्सा अभी अप्रकाशित है। लेकिन पहले हिस्से को मिलाकर यह एक बड़ी किताब की शक्ल अख़्तियार करेगा। और मैं कह सकती हूं कि 'इन दी सिटी ऑफ़ गॉड' नाम के उस आगे के हिस्से में इंदिरा के अंदर का कलाकार अपनी रिसर्च के सिलसिले में वृंदावन में गुज़ारे हुए बरस—जैसे बयान करता है—भयानक संस्कारों की पकड़ में जी रहे इस देश के लोगों के दर्द को एक ऐतिहासिक दस्तावेज़ बना देता है।

इस कायनात के पीछे—जो कोई महाशक्ति काम करती है, और इंसानी सोच की किसी, पकड़ में नहीं आती—उसका तज़ुर्बा जिनको नसीब होता है, इंदिरा गोस्वामी उनमें से एक है। और उस शक्ति का कहीं-कहीं आता ज़िक्र इंदिरा कीं इस किताब को अपनी तरह की शक्ति देता है।

इंदिरा की रिसर्च रामायण के बारे में थी, इसलिए हर रामायण का मुतालिया करते हुए जब तुलसीदास की ज़िंदगी और तख़लीक सामने आई, तो इंदिरा ने जाना कि क़लम का शाहकार पेश करने वाला तुलसीदास बड़ी बदनसीबियों में से गुज़रा था...ख़ासकर तुलसीदास की ज़िंदगी का वह हादसा लिखते हुए कि वह अपने पिता की ओर से इसलिए तिरस्कृत किया गया था कि वह शुभ सितारों के उदय होने की घड़ी मे पैदा नहीं हुआ था...मेरे कयास में इंदिरा करो वह वक़्त ज़रूर याद करवा गया होगा—जब नवग्रह मंदिर के ज्योतिषी ने कहा था कि इस

लड़की के दो टुकड़े करके इसको ब्रह्मपुत्र में बहा दो।

इसके बारे में इंदिरा ने कुछ नहीं लिखा। सिर्फ़ इतना लिखा है कि तुलसीदास की ज़िंदगी उसकी प्रेरणा बन गई—

मैं तुलसीदास के सितारों की ग़र्दिश का ब्योरा भी नहीं जानती और न इंदिरा गोस्वामी के सितारों की ग़र्दिश का, पर यह जानती हूं कि जैसे तुलसीदास का कायाकल्प हुआ था, उसी तरह इंदिरा गोस्वामी का कायाकल्प हुआ है। उसकी क़लम से सिर्फ़ उसकी आत्मकथा ने नहीं, कई नॉवलों और कहानियों ने जन्म लिया है...

उसने समाज के कई मसलों की बात अपनी कहानियों द्वारा की है, लेकिन जातिवाद के मसले को जिस तरह इंदिरा गोस्वामी ने एक लम्बी कहानी में लिखा है, वह बेमिसाल है...

कहानी में एक उच्च जाति की जवान लड़की विधवा हो जाती है, मेहनत-मज़दूरी से तंग आकर, वह अपनी रोटी-रोज़ी के लिए अपने जिस्म का इस्तेमाल करती है। उसी गांव में एक अच्छा अमीर आदमी इस उम्मीद में दिन बिता रहा है कि कभी उसके घर पुत्र का जन्म होगा, पर उसकी पत्नी उसे पुत्र नहीं दे सकती। आख़िर वह अमीर आदमी उस जवान विधवा के बारे में सोचता है कि उसके साथ वह विवाह कर ले, तो उस लड़की को रोटी की समस्या से छुटकारा मिल जाएगा, और उससे पुत्र की उम्मीद ज़रूर पूरी हो सकेगी। वह झिझकता-सा रात के गहरे अंधेरे में उसके पास शादी की पेशकश लेकर जाता है, दिन की रोशनी में जाने से संकोच करता है, क्योंकि लड़की के पेशे से सभी लोग वाकिफ़ हैं। पर मर्द यह साहस लेकर जाता है कि अगर लड़की ने शादी की पेशकश क़बूल कर ली, तो फिर वह सारे गांव की परवाह नहीं करेगा...

लड़की उस पेशकश को सुनती है, मर्द की लाई हुई सौग़ातें भी क़बूल कर लेती है, पर विवाह की बात करने की जगह उसको अपना जिस्म पेश करती है...

मर्द को यकीन हो जाता है कि आज नहीं तो कल वह विवाह

की बात क़बूल कर लेगी। वह लड़की को ख़ुश करने के लिए उसका जिस्म भी क़बूल करता है, और इस तरह रोज़ रात को वह उसके पास आने लग जाता है...

उसके मन में जब यह संशय नहीं रहता कि अब वहां कोई और मर्द भी आता है, तो वह रोज़ लड़की के ख़र्च के लिए अच्छे पैसे देने लग जाता है...

इस अमीर मर्द के होते हुए लड़की को और मर्द की ज़रूरत नहीं थी, इसलिए दिन इत्मीनान से गुज़रने लग जाते हैं...

और फिर लड़की को हमल ठहर जाता है। यह वक़्त मर्द के लिए बहुत ज़्यादा ख़ुशी का वक़्त है...उसका दिल लड़की के लिए शुक्राने से भर जाता है...कि वह उसे पुत्र पैदा करके दे रही है...और साथ ही सोचता है कि अब वह ख़ुद ही विवाह के लिए तैयार हो जाएगी...

पर अगले दिनों में देखता है कि वह लड़की अपना हमल गिराकर पीली-जर्द-सी चारपाई पर पड़ी हुई है। मर्द के मन की पीड़ा का कहीं अंत नहीं दिखता कि यह हुआ किस तरह? उसके अनुमान से यह उसकी बदनसीबी थी कि हमल अपने आप गिर गया है, क्योंकि उसके भाग्य में पुत्र नहीं लिखा...

पर लड़की उस वक़्त तड़पकर कहती है—नहीं, हमल अपने आप नहीं गिरा, मैंने गिराया है। रोटी कमाना मेरा धर्म है, चाहे जिस्म बेचकर कमाई जाए, पर मैं ऊंची जाति की हूं। छोटी जाति वाले के साथ सो सकती हूं, पर न तो उसके साथ विवाह कर सकती हूं, न उसका बच्चा पैदा कर सकती हूं...

इस तरह की सशक्त कहानियां लिखने का इंदिरा गोस्वामी को शरफ हासिल है...अब इसके इस कायाकल्प से जो शक्ति उसमें आई है, आसाम की हर औरत का-फ़ख़्र बन गई है।

इंदिरा का असली नाम मामोना रायसम है...और लोग उसको देखकर आज आदर और प्यार से भर जाते हैं—हमारी मामोना...

दामन में उतरते सितारों के साये

उर्मिल शर्मा उन व्यक्तियों में से हैं, जो सितारों का कुछ इल्म रखते हैं। बहुत बरसों से मेरी दोस्त हैं, इसलिए उनकी तबीयत है में एक बेतकल्लुफ़ी हैं। इस बार बहुत दिनों के बाद आईं, लेकिन जयपुर से कुछ मोती ख़रीदकर लाई थीं, इसलिए बहुत देर मोतियों की, गोमेद की, और पुख़राज की बातें करती रहीं। अचानक कहने लगीं— "देखो अमृता जी! आपकी जो मुहब्बत इमरोज़ से है— वह शुक्र के प्रभाव में नहीं है, बृहस्पति के प्रभाव में है..."

मैं हंस दी, कहा— "आप ठीक कहती हैं, इसीलिए दरवेशों की मेहंदी पुस्तक में मैंने शिरडी सांईं को सांईं बाबा लिखा है, और इमरोज़ को सइयां बाबा..."

मैं जानती थी—उर्मिल किताबें नहीं पढ़तीं, उनके पति बलदेव शर्मा पढ़ते थे, बहुत पढ़ते थे, ओशो के तो दीवाने थे, घर की अलमारियां ओशो की किताबों से भरी पड़ी हैं—और अब, जब वे नहीं रहे, वह किताबें उनकी याद में ख़ामोश पड़ी हैं—लेकिन उर्मिल जी कितना भी अपने पति को याद करें, उनकी याद में रो दें, फिर भी वे किताबें नहीं पढ़तीं। यहां तक कि बरसों पहले, जब उर्मिल मुझे मिलने आईं, तब मेरी किताब 'रसीदी टिकट' ख़ुद पढ़कर नहीं आई थीं, किताब तो उनके पतिदेव ने

पढ़ी थी, और उन्होंने ही उर्मिल जी को मिलने के लिए कहा था...

और अब जब मैंने कहा कि अपनी किताब 'दरवेशों की मेहंदी' में मैंने इमरोज़ को 'सइयां बाबा' लिखा है, तो वह हैरान हुईं। लेकिन जहां तक बृहस्पति के प्रभाव का सवाल था, वह उर्मिल जी ने ठीक कहा था। कहने लगीं— "आपका इमरोज़ से इश्क़ रूहानी इश्क़ है, इससे पहले आपने जो मुहब्बत की नज़्मे लिखी होंगी, वे शुक्र के प्रभाव में लिखी थीं..."

और इसी बात के ब्योरे में उतरती वह कहने लगीं—"चंद्रमा का प्रभाव मां से मुहब्बत देता है— मां के दूध से," मैं हंस दी, कहा— "इसका मतलब है—चांद का रिश्ता दूध-मांस से जुड़ा होता है, और हो सकता है—इससे पहले मां की नाभि से जुड़ा हो, जहां वह मां के गर्भ में पड़ा हुआ—मां की नाभि के माध्यम से सांस भी लेता है, और तन-बदन की ख़ुराक भी..." वे ज़ोर से बोलीं—"और नहीं तो क्या, इसीलिए काल पुरुष की कुंडली में चौथा स्थान, सुख स्थान होता है, मां का स्थान, और चंद्र चौथे स्थान की राशि कर्क का मालिक होता है... लेकिन चंद्र शुभ न हो, तो सुख स्थान बिगड़ जाता है, वही मां की उम्र का भी कुछ अता- पता देता है..."

"फिर? उसके बाद? जब बच्चा खेलने-खाने की उम्र में होता है, उसे वस्तुओं से कुछ लगाव होने लगता है, उस समय?" मैंने कहा, तो उर्मिल जी कहने लगीं-"वह सब बुध के प्रभाव में होता है, तभी तो जिस बच्चे की लग्न-कुंडली में बुध शुभ स्थान पर न हो, या क्रूर ग्रहों से घिरा हुआ हो, तो उस बच्चे को खेलने-खाने की उम्र में—कई तरह की कमी आने लगती है। बुध के साथ मंगल या राहू हों, तो बच्चे की तालीम भी ठीक तरह से नहीं हो पाती..."

मैंने कहा—"यानी बचपन प्यासा रह जाता है..."

उर्मिल जी ने कहा—"और नहीं तो क्या! इसके बाद उठती जवानी शुक्र के प्रभाव में होती है। उस समय जो मुहब्बत होती है, वह जवानी का तकाज़ा होता है।" मैंने कहा—"और अगर बेचारे इंसान का शुक्र

किसी तरह शुभ न हो तो?"

उर्मिल कहने लगीं—"शुक्र सप्तम स्थान का मालिक होता है, वह स्थान, या स्थान का मालिक शुक्र, अगर अच्छे प्रभाव में न हो, तो मुहब्बत एक भटकन बन जाती है। वह सूर्य की राशि में पड़ा हो, या सूर्य के साथ पड़ा हो, तो अस्त हो जाता है, उसका बल नहीं रहता। शनि-राहु के साथ हो, तब भी उसका दम घुटने लगता है। और इंसान मुहब्बत के लिए भटकता रह जाता है..."और इतना कहकर उर्मिल जी पूछने लगीं— " आपको इमरोज़ ठीक किस उम्र में मिले थे?"

मैंने कहा—"मेरी चालीस-इकतालीस साल की उम्र में..."

उर्मिल कहने लगीं— "बिल्कुल ठीक, चालीस से पैंतालीस साल की उम्र में बृहस्पति का प्रभाव शुरू होता है..."

मैंने कहा—"कहना होगा कि चांद से लेकर, मां की मुहब्बत से लेकर, शुक्र की यात्रा करते हुए, यानी जवानी का जो तकाज़ा है, उससे गुज़रते हुए, बृहस्पति के मुक़ाम पर पहुंचने की यात्रा, इश्क़ मजाज़ी से लेकर इश्क़ हक़ीक़ी की यात्रा है...लेकिन दोस्त! यह यात्रा सभी लोग क्यों नहीं कर पाते? हालांकि इन सब सितारों का प्रभाव वह अपनी काया के दामन में लिए होते हैं?" उर्मिल कहने लगीं—"लेकिन यह ग्रह शुभ पड़े हों, तब न। ये ग्रह अगर क्रूर ग्रहों से घिरे हुए हों, तो यात्रा कैसे होगी? आपका बृहस्पति तो कर्क राशि का है, उच्च का बृहस्पति, उसने आपको इश्क़ हक़ीक़ी की मंज़िल दे दी, लेकिन सबका तो नहीं होता...इस यात्रा की राह में शनि-राहु पड़े हों तब?"

मैंने कहा— "लेकिन शनि-राहु ही तो वह ग्रह हैं, जो इंसान को रूहानियत की मंज़िल पर ले जाते हैं। बृहस्पति तो महज़ इबादत तक ले जाता है, लेकिन दरवेशी मुक़ाम तो शनि-राहु देते हैं..."

उर्मिल जी हंस दीं, कहने लगीं—"हां, देते हैं—लेकिन पहले इंसान को जड़ से उखाड़ देते हैं। उसी में तो इंसान टूट जाता है..."

मैंने कहा— "इस अमल को फिर तो जड़ बदली का अमल कहना

चाहिए। यानी डीपोलोराइज़ेशन, और रीपोलोराइज़ेशन...” वे कहने लगीं—“हां, संसार की मिट्टी से उखाड़ कर परमात्मा की मिट्टी में लगा देना, जड़ बदली ही तो है...” मैंने कहा—“यार! संसार की मिट्टी भी तो परमात्मा की मिट्टी है...लेकिन आप ठीक कहती हैं, संसार में इंसान लिप्त हो जाए, तो वह मिट्टी अलग-थलग पड़ जाती है हालांकि वह भी उसी ख़ुदा की मिट्टी है...” वे कहने लगीं—“एक बात और कह दूं! शनि तो फिर भी इंसान को, घर-द्वार में बैठे हुए को, ईश्वर की लग्न दे देता है, लेकिन राहु तो उसे जंगलों-वीरानों में ले जाता है...और एक बात मैं कहना भूल गई, शनि-राहु भी तभी कुछ कर पाते हैं, जब उनका सम्बंध लग्न से या लग्नेश से होता है। या तो वे लग्न में पड़े हों, या लग्नेश के साथ, या किसी तरह लग्न से और लग्नेश से उनका दृष्टि सम्बंध हो...या पंचम और नवम से उनका कोई सम्बंध हो...”

“यानी उनका कोई तार कहीं जुड़ा हो।” मैंने कहा, और पूछा—“अच्छा उर्मिल! चांद और शुक्र जैसे ग्रह, मां और महबूब से जुड़े होते हैं, लेकिन लग्नेश जिस घर में बैठा हो, उस घर से भी उसका कुछ जुड़ा रहता होगा?”

उर्मिल जी हंस दीं, कहने लगीं—“बड़ा प्यारा सवाल किया है आपने। लग्नेश जिस घर में पड़ा हो—उसी के फल से जुड़ जाता है। पहले घर में हो, तो उसका नाता अपने से ही होगा। दूसरे घर में हो तो उसका नाता धन-दौलत से जुड़ जाता है। तीसरे घर में हो, तो मित्रों को और छोटे भाइयों को ज़रूर प्यार करता रहेगा। चौथे घर में हो, तो मां से, घर से जुड़ जाता है, ऐसे लोगों को ज़मीन-जायदाद बनाने का बड़ा शौक होता है। सियासतदानों का यह स्थान जनता का होता है, जिनका लग्नेश चौथे घर में हो, वे जनता से जुड़ जाते हैं...”

मैंने कहा—“फिर तो किसी नेता को वोट देते समय देख लेना चाहिए कि क्या उसका लग्नेश चौथे घर में पड़ा है? तभी तो उसका नाता लोगों के दुख-सुख से जुड़ेगा...”

उर्मिल जी हंसने लगीं—कहने लगीं—“पांचवें घर में लग्नेश हो

तो उसका प्यार हुनर और इलम से भी होगा, बच्चों से भी। लेकिन छठा घर झगड़े-कचहरी का होता है, इसीलिए दुनिया के जितने नामवर वकील हैं, उनका लग्नेश अक्सर छठे घर में होता है..."

मैंने कहा— "फिर तो यह सब एक आईने की तरह है जिसमें देख सकते हैं कि लग्नेश अगर सप्तम में हो, तो पत्नी से प्यार ज़रूर होगा। अष्टम में हो तो इंसान ज़मीनदोज़ वस्तुओं की खोज़ करने वाला होगा। रहस्यमय तबीयत का मालिक। नवम में हो तो धर्म-कर्म से जुड़ जाएगा। दशम में हो तो पिता से, सत्ता से, राज सरकार से नाता जोड़ लेगा। ग्यारहवें में हो तो हर तरह के लाभ से, और बारहवें में हो तो मोक्ष उसका अकीदा हो जाएगा...ख़र्च तो बहुत करेगा, लेकिन किसी शुभ के लिए..."

उर्मिल जी हंसने लगीं— "रास्ता तो सही है, पर इतना सीधा नहीं है। साथ और बहुत कुछ देखना होता है। वह क्रूर ग्रहों में घिरा हुआ हो या उसकी दृष्टि में पड़ रहा हो, तो बहुत कुछ मन में रह जाता है, हो नहीं पाता।"

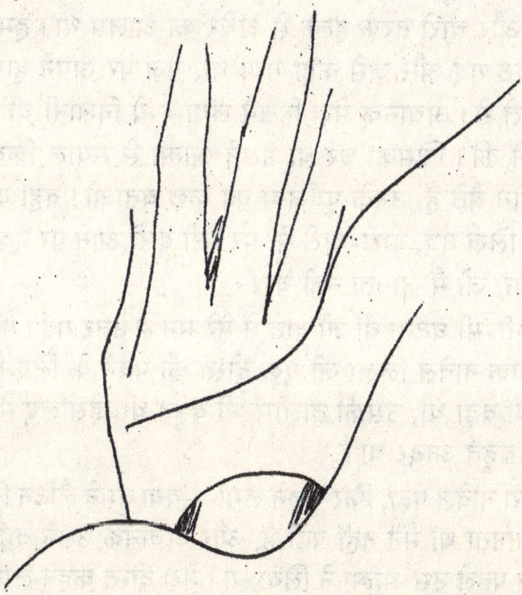

दामन से उठते विरासत के साये

लामा गोविंदा अपने पूर्वजन्म से जुड़ती हुई एक घटना सुनाते हैं, कहते हैं— एक बार एक मित्र मुझे वहां ले गया जहां किसी आत्मा को बुलाकर कुछ प्रश्न पूछ लिए जाते हैं। कमरे में बहुत बड़ा मेज़ था, और चारों तरफ हल्के से अंधेरे का आलम था। हम लोग मेज़ के गिर्द बैठ गए और जैसे कहा गया था, मेज़ पर अपने हाथ रख दिए, बहुत हौले से। अचानक मेज़ हिलने लगा—ये निशानी थी किसी आत्मा के आने की। जिसका घर था उसने आत्मा से सवाल किया कि यहां जितने लोग बैठे हैं, उनके पूर्वजन्म का कुछ बताओ। वहां काग़ज़ पर कई संकेत लिखे गए, बारी-बारी से, पर मेरी बारी आने पर एक नाम वहां लिखा गया, जो मैं जानता नहीं था।

बस इतनी-सी घटना थी जो बाद में मेरे मन से उतर गई। मैंने उस छोटी उम्र में एक नावेल लिखा जो एक दोस्त को पढ़ने के लिए दिया। वो दोस्त उम्र में बड़ा था, उसकी तालीम भी बहुत थी, इसलिए मेरे मन में उसके लिए बहुत आदर था।

उसने मेरा नावेल पढ़ा, फिर पूछने लगा—क्या तुमने लैटिन किताबें पढ़ी हैं? वो जानता था मैंने नहीं पढ़ी हैं, और अचानक उसने वही नाम लिया जो बहुत पहले उस आत्मा ने लिया था। मेरा दोस्त कहने लगा—

तुम्हारे लिखने का अंदाज़ बिल्कुल उसकी तरह है, जिसकी कोई किताब तुमने नहीं पढ़ी। अब मैं हैरान-सा उसकी ओर देखने लगा, कहा—अच्छा मुझे उस लेखक की किताबें मंगवा दो।

इतने में और घटना हुई, किसी दोस्त के घर में दावत थी। वहां कई नए लोग भी थे, जिन्हें मैं जानता नहीं था, और वहां एक आदमी मुझे बार-बार देखता रहा। उसने कहा कुछ नहीं, पर देखता रहा। इतना कि मैं बेचैन-सा हो गया। दावत के दो-चार रोज़ बाद मैंने उस दोस्त से पूछा जिसके यहां दावत थी कि वहां एक आदमी मुझे बार-बार क्यों देखता रहा? वो हंस दिया, कहने लगा—वो एक जर्मन विद्वान हैं, दावत के बाद उन्होंने बात की थी कि अजीब घटना है—मैं एक लैटिन लेखक पर काम कर रहा हूं जो लेखक बड़ा था, पर उसकी ज़िंदगी में उसे पहचाना नहीं गया। उसकी जो तस्वीरें मिली हैं, उसकी सूरत ठीक उस लड़के जैसी है जो दावत में आया था।

तब भी वही नाम सामने आया जिस नाम को लेकर मेरी हैरानी मुझसे संभल नहीं पा रही थी कि किताबों का वो पैकिट भी आ गया जिसके लिए मैंने कहा था। मैं किताबें खोलता गया, एक, फिर और एक, फिर और, देखता रहा ठीक वही फ़िकरे जो मैंने अपने नावेल में लिखे. थे, वही अंदाज़ लिखने का, वही नज़रिया, वही प्रतीक...ये सब क्या मेरे पास मेरे पूर्वजन्म के पिता से आया है?

लामा गोविंदा को पढ़ते हुए एक गहरा अहसास होने लगता है कि अंतर ऊर्जा की तरह सारे रहस्य काया के दामन में पड़े होते हैं, फिर भी हमारी चेतना की पकड़ में नहीं आते। गए सालों में इस तरह के कई अनुभव मेरे सामने आते रहे और लगा—कुदरत के ये रहस्य कण-कण बिखरे हुए हैं, और ये रहस्यमय कण कई बार हमें कुछ कहते से लगते हैं।

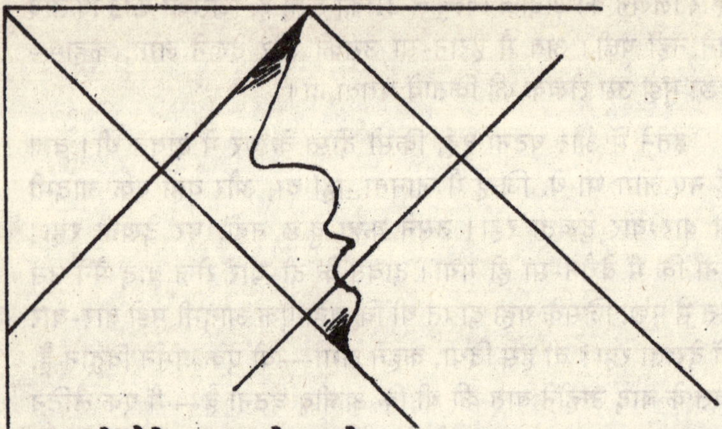

दामन में बैठे स्मरण के साये

इस जन्म की काया के दामन में कई जन्मों का स्मरण रहता है। लेकिन हम उसे जान नहीं पाते। कुछ लोग जो साधना में गहरे उतरते हैं वे बहुत कुछ देखते भी हैं, और उनका संकेत भी देते हैं। काटवे योगी कुछ उन लोगों में हुए हैं, जिन्होंने अपना पूर्वजन्म देखा भी, और इस जन्म में ज्योतिष विद्या की गहराई को भी बहुत हद तक पकड़ पाए थे, इसलिए उन्होंने अपने पूर्वजन्म की कुंडली भी दी है, और सितारों की ग्रह दशा बताते हुए, पूर्वजन्म की उस घटना को भी ब्योरे से दिया है, जिस घटना ने उनकी ज़िंदगी पलट दी।

वे अपनी पुस्तक 'आध्यात्मिक ज्योतिष' में विचार लिखते हैं—"मैं दो वर्ष का था, जब पिता का देहांत हो गया। जाति से ऋग्वेदी ब्राह्मण था, इसलिए बाल्यावस्था एक ब्राह्मण के घर बितानी पड़ी। लग्न स्थान का शनि युवा अवस्था तक बहुत कष्ट देता है...

उनका कहना है कि पूर्वजन्म में उनका लग्न कन्या था। लग्न में शनि था। ये लोग धनवान, गुणवान होते हैं, साहसी भी होते हैं, लेकिन पुत्र-वंचित होते हैं। स्वभाव के अधिकारी होते हैं, लेकिन अधिक कामुक होते हैं। शनि पिता को मौत का संकेत बनता है, छोटी उम्र में...

अपने लिए वे कहते हैं—"मेरे पूर्वजन्म की कुंडली में धन स्थान पर तुला राशि है, और उस राशि का स्वामी शुक्र छठे स्थान में पड़ा है, इसलिए जितनी ज़ायदाद थी, पूरी स्टेट, वह चाचा—और अन्य लोगों ने उड़ा दी...और माता के देहांत के बाद मुझे नाथ पंथी गोसाईं बनकर वन में जाकर एक नदी के किनारे रहना पड़ा... "

ग्रह विचार से वे लिखते हैं कि छठे स्थान में कुम्भ राशि थी, जिसका स्वामी लग्न में था, और उस स्थान पर गुरु-शुक्र की पूर्ण युति थी, इसलिए विवाहित जीवन नष्ट हो गया...

कन्या लग्न वाले उपासनावादी होते हैं, और काटवे योगी एक मठ के मठाधिकारी थे, जहां ज़िंदगी को पलटा देने वाली घटना हुई, जिसके लिए वे लिखते हैं—"मेरी उम्र क़रीब 28 वर्ष की थी, उपासना भी चल रही थी, योगाभ्यास भी चल रहा था...वहां साथ वाले गांव की एक पतिव्रता युवती रोज़ भगवान महावीर के दर्शन करने आती थी, एक दिन मठ में कोई नहीं था, वह आई, तो मैंने उसका बलात्कार किया। उसे भगा दिया। लेकिन उस वक़्त एक और स्त्री वहां आई, जिसने सब देख लिया, और गांव में जाकर उसके पति से कह दिया...

"उन लोगों में सीधा मेरा सामना करना मुश्किल था, इसलिए चुपचाप पत्नी को घर से निकाल दिया...मुझे पता चला तो मैंने उस बेसहारा स्त्री को मठ में रख लिया, और अपनी कामेच्छा की पूर्ति करने लगा। उस स्त्री में इंकार था, इतना कि रोती-चिल्लाती, मुझे श्राप दिया करती...इससे चिढ़कर मैं उसे मारता भी...वह कई बार भूखी रहकर मुझे श्राप देती—मैं इसका बदला लूंगी, तेरे दूसरे जन्म में तेरी पत्नी बनकर आऊंगी, और बदला चुकाऊंगी। तुम्हें कुछ नहीं मिलेगा—न स्त्री सुख न जी भरकर खाने को...

"एक दिन उस लड़की के मां-बाप के गांव वाले आए—मुझसे लड़की को वापस मांगने के लिए...मैं लड़की को चुपचाप अपने गांव ले गया, और अपने अधिकार में रखा। लड़की के मां-बाप और नातेदार वहां भी पहुंचे, और गांव के पटेल की सहायता से वे लड़की को वापस

ले गए। कहने लगे—लड़की का बदला चुकाएंगे...”

सितारों के प्रभाव की बात करते हुए, काटवे योगी इस तीसरे घर में मंगल का होना और उसके ठीक सामने नवम में चद्रंमा और नैपचून का होना सोचते हैं। उनके लफ़्ज़ों में—“यह युति संन्यासी और वेदांतियों की है। चंद्र-मंगल युति और प्रतियोग में बलात्कार की सम्भावना भी हो सकती है...”

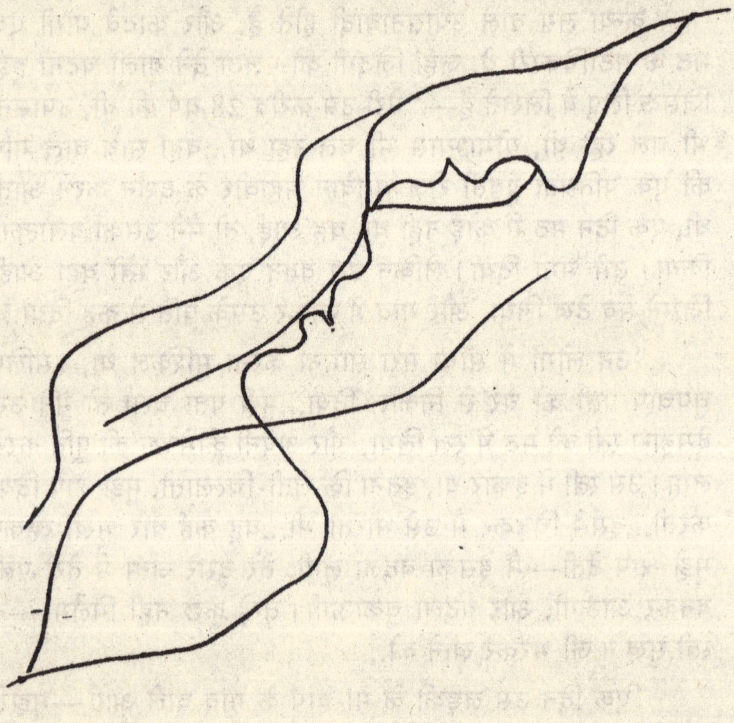

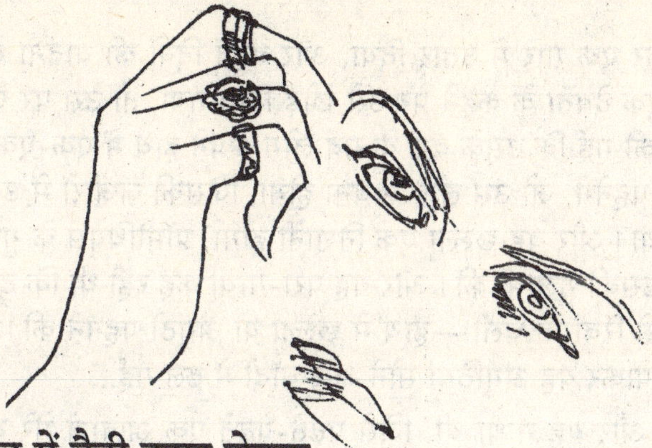

दामन में बैठी कृष्ण चेतना

हमारी हर परागाथा में, जाने ख़ुदा, इंसान के अंतर की कितनी पीड़ा समाई हुई है और कितना चिंतन, जो अलौकिक को अपनी आंखों में उतार लेना चाहता था...

कार्ल जुंग के लफ़्ज़ो में—हमारा मिथहास एक ऐसा दस्तावेज़ है, जो हर इंसान की सायकी में लिखा हुआ है और इसी की परछाइयां कभी हमारे सपनों में उतरती हैं और कभी एक बेकसी बनकर हमारे हाथों में।

सदियों की ग़ारों में उतरी हुई इन गाथाओं के चेहरे हमारे नक्शों में समाए हुए हैं, जो कभी एक ख़ौफ़ बनकर हमारे भीतर से एक बादल की तरह उठते हैं, और कभी एक नफ़रत बनकर हमारे दिल में सुलगते हैं, और कभी एक मुहब्बत बनकर हमारे अंतर में खिलते हैं...लेकिन यह क्या-क्या प्रतीक धारण करते हैं और क्या-क्या संकेत देते हैं—और इनके धागे कहां टूटते और कहां जुड़ते हैं...यह समझ पाना आसान नहीं है...

एक छोटी-सी मिसाल देती हूं कि एक दिन मैं यूनान के मिथहास को पढ़ते-पढ़ते थक गई और सो गई। नींद गहरी नहीं थी, देखा—जो परा- गाथा पढ़ते-पढ़ते मैं सो गई थी, उसी को आगे पढ़ रही हूं कि प्रॉमीथियस, जो देवताओं के घर से आग चुराकर लाया था, अपने लोगों को देने के लिए, उसे देवताओं ने अब मुजरिम करार दे दिया, उसे लोहे की कड़ियों में

बांधकर एक ग़ार में उतार दिया, और बहुत दिनों की यातना के बाद, जब एक देवता के कहने पर उसे छोड़ दिया गया, तो उस पर एक शर्त लागू की गई कि उसके वंश के सब लोग अपने हाथ में एक-एक छल्ला ज़रूर पहनेंगे, जो उस लोहे से बना होगा, जिसकी ज़ंजीरों में उसे बांधा गया था। और वह छल्ला एक निशानी होगा, प्रॉमीथियस के गुनाह की और उसकी गुलामी की। और यह परा-गाथा कह रही थी कि दुनिया में तभी से रिवायत चली—हाथ में छल्ला या अंगूठी पहनने की। भले ही वक़्त पाकर यह अंगूठियां सोने और चांदी में ढल गईं...

और यह गाथा थी, जिसे पढ़ते-पढ़ते एक आवाज़ मेरे कानों से टकरा गई—"इंसान की सायकी में यही अहसास था—गुलामी की निशानी को पहनने का और पहनाने का, जिससे विवाह की अंगूठी पहनी और पहनाई जाने लगी..."

यही आवाज़ थी—किताब में से नहीं, मेरे भीतर से उठती हुई और मेरे कानों से टकराती हुई, जिससे चौंककर मैं जाग गई और अहसास हुआ कि प्राचीन से प्राचीन काल भी हमारे अंतर में जीता है। हम नहीं जानते, लेकिन जाने कितने प्रतीक हैं, जो हम अपनी ज़िंदगी में उतार लेते हैं और उनकी निशानियां हमारी रिवायतों में ढल जाती हैं।

लोगों को अग्नि की सौगात देने के लिए प्रॉमीथियस ने देवताओं के घर से जो आग चुराई थी और जिसकी वजह से गुनहगार कहा गया, कहते हैं, वही लोगों की ख़िदमत करने की आरज़ू और साथ ही गुनाह का अहसास लेकर जीने की पीड़ा—कुम्भ राशि की खसलतें हैं, जो उसे शनि देता है।

और कहा जाता है कि कार्ल जुंग का कुम्भ लग्न था, जिससे यह दोनों ख़सलतें उनकी सायकी में बसी हुई थी, और इसीलिए वो सामूहिक चेतना—कॉलेक्टिव कांशियसनेस—की गहराई में उतर पाए।

मिथ यूनान की हो या किसी और देश की, लगता है—हर गाथा की अंतरपीड़ा किसी नाम या सरहद की पाबंदी को नहीं मानती। यह जो प्रॉमीथियस के वंश को लोहे की अंगूठी पहनने की हिदायत दी गई

थी, उसकी गहराई में जाएं, तो देख सकते हैं कि लोहा शनि से सम्बंधित धातु है और हमारे यहां, भारत में शनि देवता को ख़ुश करने के लिए आज भी लोंहे का छल्ला पहना जाता है, भले ही वह घोडे की नाल से बनाया गया हो या किश्ती के लोहे से। और हो सकता है कि प्रॉमीथियस के पैरों में जो बेड़ियां पहनाई गईं वह शनि का दिया हुआ बंधन हो और जब उसे रिहा कर दिया गया, तो शनि की निशानी उसकी अंगुली में डाल दी गई हो।

यूनान के मिथहास की रोशनी में, लिज़ ग्रीन ने जो राशियों की पहचान पाई है, उसी में मकर राशि की बात करते हुए जब वह शनि-शक्ति की बात करती हैं, तो लिखती हैं कि यह वक़्त का इतिहास है कि पूरी ज्योतिष-विद्या को शनि-विद्या कहा गया। और उन्होंने उस प्रार्थना का हवाला दिया है जो दसवीं सदी में शनि-प्रार्थना की जाती थी...

"तुम महान सत्ता के मालिक! हर जौहर के ज्ञाता! सर्वश्रेष्ठ शनि! तुम जो ठंडे और बंजर हो, तुम जो महामातमी ही, महाविनाशी! तुम, जिसकी ज़िंदगी निष्कपट है और जिसका हर हरफ एतबार के क़ांबिल, तुम एक ऋषि, एक औलिया, अकेले उदास और अपार हो तुम, जिसके वचन ख़ाली नहीं जाते। तुम, जो अशक्त हो, उदासीन हो। तुम, जो फ़िक्रमंद हो—इतने कि जितना कोई नहीं। तुम, जो नहीं जानते कि ख़ुशी क्या है। तुम, जो मक्कार हो। तुम, जो हर चाल और कपट के मालिक हो। तुम, जो इल्म और इंसाफ़ के मालिक हो। तुम, जो ख़ुशहाली और बरबादी के दाता! इंसान को बेहद ख़ुशी देते हो और उसे गमगीन करते हो। मैं तेरी मेहरबानियों से, तेरी उदार शक्ति से कहता हूं मेरे मालिक! सबसे बड़े मालिक! मेरी मुराद मुझे दे दो।"

ज़ाहिर है कि इस प्रार्थना में दो मुख़ालिफ़ शक्तियों का दर्शन है। और इसी शनि-गाथा को अगर हम अपने मिथहास की रोशनी में देखें, तो देख सकते हैं कि यह सूरज की दी हुई हरियाली और छाया की दी हुई वीरानगी का दर्शन है।

हमारे मिथहास में जिन दिनों सूरज अपनी ऊर्जा को बांटते नहीं थे, तो उनकी पत्नी—संज्ञा उस ऊर्जा को सहन नहीं कर पाती थी। और

इसी से घबराकर एक दिन वो कहीं चल दी थी और अपना-सा रूप देकर छाया को अपनी जगह छोड़ गई थी और उसी छाया के गर्भ से शनि का जन्म हुआ था।

यह वही नुक्ता है—जिसमें दो मुख़ालिफ़ पहलू सामने आए। सूरज अपनी ऊर्जा को बांटने लगा और दुनिया में तरह-तरह का सौंदर्य खिल उठा। इसी से कामना पैदा हुई, वस्तु का मोह पैदा हुआ। तब शनि का कर्म हुआ—इंसान को मोह-मुक्त करने के लिए। तरह-तरह का दर्द सामने आया। और एक गहरी उदासीनता का जन्म हुआ। यह कामना और उदासीनता की गाथा है, जो एक-दूसरे की मुख़ालिफ़ शक्तियां हैं।

यूनान और भारत का मिथहास इन दो शक्तियों को पिता-शक्ति और पुत्र-शक्ति की सूरत में पेश करता है। यूनान के मिथहास में गाया शनि को जन्म देती है। गाया धरती का नाम है, और वो शनि को आसमान के देवता से अपने गर्भ में धारण करती है। और भारत के मिथहास में उसका नाम छाया है, जो सूरज से शनि को जन्म देती है। और ठीक यही वो नुक्ता सामने आता है, जो पुत्र-शक्ति को पिता-शक्ति के ख़िलाफ़ करता है।

यूनान के मिथहास में गाया का पति क्रोनस है, धरती का देवता, और वो नहीं चाहता कि गाया ने जो आसमान के देवता से पुत्र धारण किया है, वो ज़िंदा रहे। वो जानता है कि आसमान के देवता का अंश उसकी सत्ता को मिटा देगा।

उसकी सत्ता धरती की सत्ता है। दुनिया की कामना। लेकिन गाया किसी तरह अपने बच्चे को ज़िंदा रखती है। और फिर वही पुत्र-शक्ति पिता-शक्ति के ख़िलाफ़ खड़ी होती है।

इन प्रतीकात्मक गाथाओं में अगर हम कुछ गहरे उतर जाएं, तो देख सकते हैं कि यह इंसान के अंतर में सत्ता और चेतना का एक बहुत बड़ा संघर्ष है।

सत्ता पिता-शक्ति है और चेतना पुत्र-शक्ति।
सत्ता धरा-शक्ति है और चेतना परा-शक्ति।
सत्ता काया का बंधन है और चेतना आत्मा की स्वतंत्रता।

अब शनि-प्रार्थना को हम सामने रखें तो उसके दिए हुए दर्द और उसके पीछे छिपी हुई उसकी मेहरबानियां समझ में आती हैं।

हमारे यहां एक काटवे योगी हुए हैं। उन्होंने शनि को इंसान का सबसे बड़ा मित्र कहा है। और साथ ही कहते हैं—इससे बड़ा छलिया और कोई नहीं। वो दोस्त है, लेकिन दुश्मन बनकर आता है और दुनिया की माया पर मोहित हुई आंखों को उन अंधेरी गुफाओं में ले जाता है, जहां इंसान को अपनी आत्मा की आवाज़ सुनाई देने लगती है—

मैं समझती हूं—इस रोशनी में इस छलिया शनि को देखना होगा। यूनान के मिथहास में शनि अपने पिता को क़त्ल करता है, लेकिन उस पिता को, जो दुनिया की सत्ता का प्रतीक है। और साथ ही उस पिता की मुहब्बत अपने मन-मस्तिष्क में धारण करता है, जो उसकी आत्म- शक्ति का प्रतीक है।

लगता है—शायद इसी रोशनी में काटवे योगी कह पाए कि रवि- शनि की युति अगर केंद्र में हो, या त्रिकोण में, या धन-स्थान पर, तो व्यक्ति की आत्मा प्रबले रहती है और उसे ज्ञान-योग प्राप्त होता है।

क्या खोया और क्या पाया, यह गाथा मैं समझती हूं कि सब ग्रहों, राशियों और नक्षत्रों में कहीं बहुत गहरे में समाई हुई है और इसी को देख पाने की जो अंतर्दृष्टि है, वही इस शनि-विद्या को ज्योति-दर्शन बनाती है।

इसी अंतर्दृष्टि को पश्चिम में क्राइस्ट कांशियसनेस कहा जाता है और इसी को में अपनी संस्कृति की रोशनी में कृष्ण चेतना कहना चाहती हूं।

ज़िंदगी जो ताना-बाना बुनती है और सितारों की ग़र्दिश से उसकी परछाइयां उभरती हैं, उसी की बात करते हुए लिज़ ग्रीन लिखती है कि वो परछाइयां कैसे आकारमय होंगी, यह हम जान नहीं पाते, और ठीक यहीं इंसान के अंदर का वो पहलू सामने आता है, जो किसी की जन्म-कुंडली से आगे है—बियोंड दी बर्थ चार्ट।

और यह, जो सितारों की पकड़ से आगे है, मैं इसे कृष्ण चेतना कहना चाहती हूं। यह कृष्ण चेतना भी काया के दामन में है...

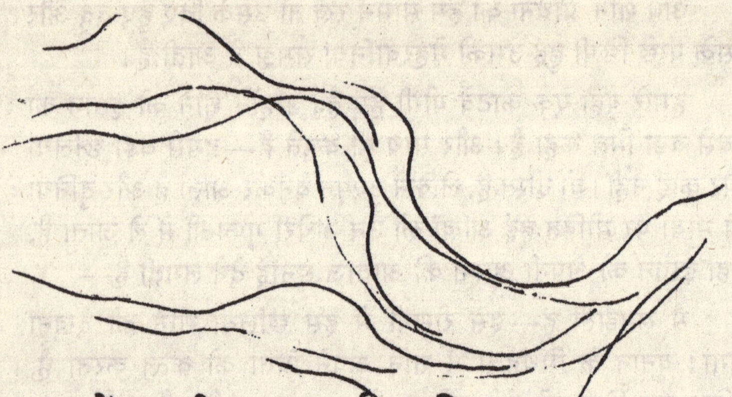

दामन में उतरती कायनात की ध्वनि

काया के दामन में क्या-क्या है—जब इसका कुछ अंतर-अनुभव मुझे हुआ, मैंने कुछ लिखा भी, लेकिन कुछ ऐसा भी था, जो लिख नहीं पाई। वह अक्षरों में ढलता नहीं था। और कुछ ऐसा भी जो समझ की पकड़ में नहीं आता। इसी से मेरी तलब कुछ प्राचीन पुस्तकों में उतरी—जहां उसके बहुत से संकेत मिलते हैं। मानती हूं कि दर्शन तो सिर्फ़ अनुभव से होता है, लेकिन उन्हें समझने के लिए प्राचीन पुस्तकों में दिए गए संकेत बहुत मददगार हो सकते हैं, इसीलिए यहां कुछ ब्योरा दे रही हूं—

वाणी

कायनात की ध्वनि इंसान की काया में लिपटी हुई होती है। नाद बिंदु ही शब्द ब्रह्म है, मातृका शक्ति है। सूक्ष्म नाद से ही चार तरह की वाणी का जन्म होता है—

परा, पश्यंती, मध्यमा और वैखरी का...परा का उदय इंसान की काया के मूलाधार चक्र से होता है, और पश्यंती का उदय स्वाधिष्ठान चक्र से। मध्यमा वाणी का उदय इंसान की काया के अनाहत चक्र से होता

है, जिसका स्थान हृदय के पास होता है। और चौथी वैखरी वाणी का उदय इंसान के कंठ से, तालु से और मुख से होता है जिसे विशुद्ध चक्र कहते हैं।

वैखरी वाणी स्थूल रूप में होती है।

मध्यमा—सूक्ष्म रूप में।

पश्यंती—सूक्ष्मतम रूप में।

और परा वाणी—सूक्ष्मतर रूप में...

सितारों का इल्म रखने वाले इंसान के जन्म-समय की जो लग्न-पत्रिका बनाते हैं, उसके अनुसार—वैखरी वाणी का सम्बंध, जन्म-पत्रिका के दूसरे घर से होता है। मध्यमा वाणी का सम्बंध, जन्म-पत्रिका के चौथे घर से, पश्यंती वाणी का सम्बंध, जन्म-पत्रिका के आठवें घर से, और परा वाणी का सम्बंध, जन्म-पत्रिका के बारहवें घर से होता है।

काया लीला

काया में जो काया-लीला समाई हुई है, उसका स्रोत स्थूल काया भी होती है, सूक्ष्म काया भी, कारण शरीर भी और महाकारण शरीर भी...

सितारों का इल्म रखने वाले जो इंसान के मन की अंतर्दशा का अनुमान लगाते हैं—उसके मुताबिक :

स्थूल काया की अंतर्दशा—लग्न से देखी जाती है।

सूक्ष्म काया का अनुमान—चौथे घर से होता है...

कारण शरीर का पता—जन्म-पत्रिका के आठवें घर से मिलता है और महाकारण शरीर का अनुभव—जन्म-कुंडली के बारहवें घर से होता है।

मातृका मंडल

सूक्ष्म नाद की बहिर्मुखी अवस्था—अक्षर है।

अक्षर के अस्तित्व का धागा एक त्रिकोण बनकर—सूर्य से भी जुड़ा हुआ है, अग्नि से भी और चंद्र से भी।

बुनियाद तो सूर्य शक्ति में है—जिससे अग्नि भी अस्तित्व में आती है, और चंद्रमा भी। लेकिन गुण-धर्म के मुताबिक :

चंद्र की सोलह कलाएं कामदायिनी कलाएं कहलाती हैं।

सूरज की बारह कलाएं वसुदा कलाएं कही जाती हैं।

और अग्नि की दस कलाएं धर्मप्रदा कहलाती हैं।

इन्हीं कलाओं में सारी वर्णमाला समाई हुई है—अक्षरों की ध्वनि।

और यह मातृका मंडल हर काया में समाया हुआ है। इस अक्षर-मातृका की उपासना भी की जाती है।

मंत्र

मूल बिंदु में जो अंतर्मुखी नाद है—वही जब बहिर्मुखी हुआ, और कान से सुनते हुए, महाऋषियों ने उस ध्वनि को मंत्र कहा। और सूर्य, अग्नि और सोम की कलाओं के गुण प्रभाव से, अक्षर शक्ति के गुण-धर्म पहचाने।

यंत्र

जिस तरह परा-शक्ति का शब्दमय शरीर मंत्र हुआ—उसी तरह उन ध्वनियों का रेखात्मक शरीर यंत्र हुआ। यानी मंत्र नाम हुआ, यंत्र आकृति हुई।

शक्ति लीला

'कश्मीर शाक्त विमर्श' पुस्तक में श्री जगन्नाथ सिबू ने इस सारी शक्ति लीला को सार रूप में कहा है—

"अंतर्मुख पूजा प्राय: योगियों द्वारा की जाती है, जिसमें अपने शरीर में ही आत्मस्वरूप श्रीचक्र का अस्तित्व मानकर, षटचक्रों को पार करते हुए—महामातृका कुंडलिनी, परमबिंदु रूप शिव में लीन करते हैं, जिसमें उन्हें शिवोऽहं के रूप में आत्मस्वरूप का साक्षात्कार होता है।"

मैं मानती हूं कि बहिर्मुखी पूजा के विधि-विधान—अंतर्मुख पूजा की अवस्था तक पहुंचने के लिए होते हैं—केवल बहिर्मुखी पूजा में ही उलझ जाने के लिए नहीं। बहिर्मुखी पूजा एक हद तक मददगार हो सकती है—अंतर में उतरने के लिए, लेकिन एक नाव की तरह, जिसकी मदद से दूसरा किनारा पाना होता है, लेकिन दूसरे किनारे तक पहुंच जाने के बाद, नाव को उठाकर चलना नहीं होता, उसे नमस्कार कहते हुए, उससे विदा लेनी होती है। भारत का चिंतन कायनात के कण-कण में उतर गया—सचमुच एक विस्मय होता है...यहां थोड़ी-सी बात ओशो की कर लूं—जो शिव सूत्र की बात करते हुए 'विस्मयी योग भूमिका' में उतरते हैं—

"जो व्यक्ति योग में प्रवेश करना चाहे, विस्मय उसके लिए द्वार है। विस्मय को जगाओ।! तुम्हारे आसन, प्राणायाम से कुछ भी न होगा, जब तक विस्मय न जग जाए। क्योंकि आसन प्राणायाम सब शरीर के हैं, ठीक है, शरीर-शुद्धि होगी, शरीर स्वस्थ रहेगा, लेकिन शरीर की शुद्धि शरीर का स्वास्थ्य तुम्हें परमात्मा से नहीं मिलाएगा। विस्मय मन की शुद्धि हैं....

"विस्मयका अर्थ है—मन सभी उत्तरों से मुक्त हो गया। प्रश्न गिर गया।

"विस्मय का अर्थ शब्दकोश में मिलेगा—आश्चर्य। पर विस्मय और आश्चर्य में एक बुनियादी भेद है। आश्चर्य से हम परेशान हो जाएंगे।

आश्चर्य से तनाव पैदा होगा। विज्ञान आश्चर्य से पैदा होता है, और फिर आश्चर्य को नष्ट करता है। व्याख्या खोजता है, सिद्धांत खोजता है।

"विज्ञान आश्चर्य को मिटाने में लगा है। अगर विज्ञान सफल हुआ तो दुनिया में कोई ऐसी चीज़ न रह जाएगी, जो आदमी न कह सके कि हम जानते हैं।

"धर्म बिल्कुल विपरीत है। धर्म भी एक आश्चर्य भाव से पैदा होता है, और उसी आश्चर्य भाव को शिव-सूत्र में विस्मय कहा गया है। धर्म की खोज करने वाला बाहर की यात्रा पर नहीं जाता, वह स्वयं की यात्रा पर जाता है, और विस्मय का कहीं अंत नहीं होता...

"इसीलिए धार्मिक ज्ञान, अहंकार का जन्म नहीं बनता, वैज्ञानिक ज्ञान अहंकार का जन्म बनेगा..."

ओशो की इन पंक्तियों की रोशनी में जगन्नाथ सिबू की पांच कर्म इंद्रियों (कर्मेंद्रिय), और पांच तन्मात्रा की व्याख्या को देखना होगा—

शब्द तत्त्व : सूक्ष्म आकाश को कानों से ग्रहण करना।

स्पर्श तत्त्व : सूक्ष्म वायु को काया के चमड़े से जानना।

रूप तत्त्व : सूक्ष्म तेज को आंखों से ग्रहण करना।

रस तत्त्व : सूक्ष्म जले के रस को अंतर जीव में पाना।

गंध तत्त्व : सूक्ष्म पृथ्वी की गंध को नाक से ग्रहण करना।

काया के पहलू में क्या-क्या है, उसके लिए कुछ कहने को एक ही शब्द बचता है—विस्मय।

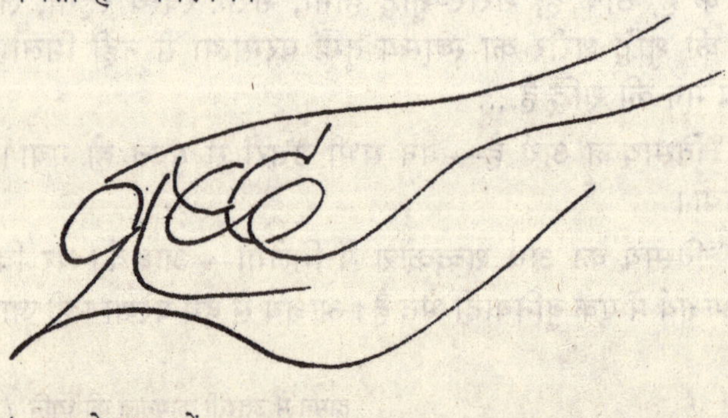

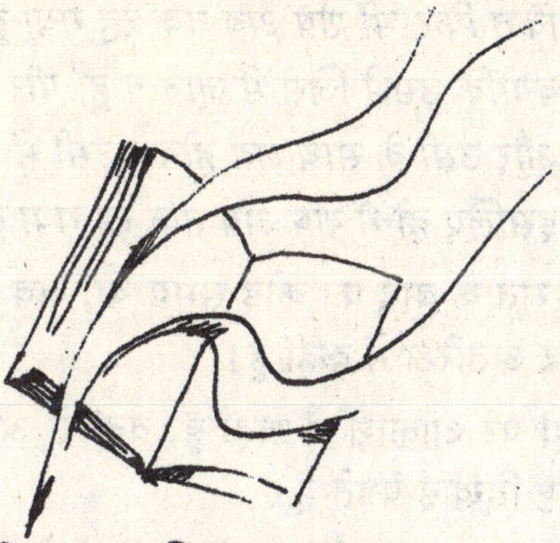

दामन में उतरती काल की परछाइयां

चौथी डाइमेंशन की कशिश सुधांशु जी को इतने संकेत देती है, कि वे उसी कशिश के बल से, उसकी ओर खिंचे चले जा रहे हैं। ओर उनके एक मित्र हैं—कुणाल, वे जब ध्यान में उतरते हैं, तो जाने कितने काल और कितने चेहरे देख पाते हैं, उनमें से, कुछ वे लोग होते हैं, जिनका नाम उनके चेतन मन में है, और कुछ वे भी, जिनका नाम उन्होंने कभी सुना नहीं, या चेतन मन के स्मरण में नहीं रहा। उनमें से कुछ नाम ऐसे भी उनके सामने आए, जो प्राचीन पुस्तकों में तलाशने के बाद उन्हें मिल गए, और कुछ वे नाम भी हैं जो उनमें भी नहीं मिले...

उन्होंने अपने अनुभव कई डायरियों में लिखे हुए हैं, और मेरे कहने पर उन्हीं डायरियों के कुछ पृष्ठ लिखकर मुझे दिए हैं...

कुणाल जी ने जो लिखकर दिया है, यहां दे रही हूं, एक यक़ीन से, कि अपनी अंतर्यात्रा पर चलने वालों को, कितने ही संकेत, मददगार होंगे।

26 जून, 1994 की रात को एक कविता कहीं लिखी हुई देखी, जिसे मैं जानता हूं कि मैंने ही लिखी है। उसे कई बार पढ़ता हूं। सुबह जब आंख खुली तो पूरी कविता मुझे स्मरण थी।

मैं दह गया हूं, दहकर ढह गया हूं।
किंतु फिर भी शेष अब तक रह गया हूं,
क्योंकि उससे जिसे में जानता हूं, पीर सारी कह गया हूं।
और उसी के साथ लय होकर उसी में बह गया हूँ।
इसलिए ही मैं शेष अब तक रह गया हूं।"

आधी रात के बाद का कोई समय था, जब देखा है, कि मैं धरती से बहुत ऊपर अंतरिक्ष में कहीं हूं।

मैं जहां पर आकाश में खड़ा हूं, वहां से आकाशीय पिंड अत्यंत निकट व स्पष्ट दिखाई पड़ते हैं।

कई पिंड तीव्र गति से पास से निकलते हैं, पूरे वातावरण में घोर निस्तब्धता छाई हुई है। एक अनोखा आकर्षण है पूरे परिवेश में...

तभी, निस्तब्धता को तोड़ता हुआ एक पुरुष स्वर गूंजता है— "यहां एक उच्च चेतना वाले मनुष्य के सातवें शरीर का अंतिम संस्कार सम्पन्न हो रहा है..."

अचानक देखता हूं कि सूर्य आकाश से टूटकर बड़ी तेजी से पृथ्वी की ओर जा रहा है।

प्रातःकाल का समय है, देखता हूं कि मैं समुद्र की ओर जा रहा हूं। हलके धुंधलके में लिपटा वातावरण बिल्कुल शांत है।

सुहानी हवा में तेज़ क़दमों से मैं अकेला चला जा रहा हूं। थोड़ी देर में ही एक निर्जन समुद्र तट पर जा पहुंचता हूं। वहां दूर-दूर तक आड़ी-तिरछी, काली चट्टानें बिखरी हुई हैं। कुछ चट्टानें पार कर मैं ज्यों ही आगे बढ़ता हूं तो देखता हूं कि कुछ दूरी पर कोई तेजस्वी व्यक्ति पद्मासन में बैठे हुए हैं। उनके सम्पूर्ण शरीर से प्रकाश निकल रहा है, चेहरे पर दाढ़ी-मूंछ नहीं है तथा सिर पर बाल भी बहुत कम हैं।

उस व्यक्ति के प्रति मुझे तीव्र आकर्षण अनुभव होता है, यह अहसास भी होता है कि उस व्यक्ति के साथ मेरा कोई सम्बंध है।

पास पहुंचकर देखता हूं कि एक बहुत बड़ा काला सांप उनकी गरदन से लेकर सिर तक लिपटा हुआ है। सांप शांत भाव से इधर-उधर सरक रहा है।

उस व्यक्ति के ऊपर से दृष्टि हटाकर जब मैंने नीचे ज़मीन को देखा तो वहां अद्भुत दृश्य था... ।

जहां तक नज़र जाती थी वहां तक अनगिनत सांप कुंडली मारे, फन नीचे झुकाए चुपचाप पंक्तिबद्ध बैठे हैं।

सभी सर्पों का मुंह उस तेजस्वी व्यक्ति की ओर है तथा पूंछ विपरीत दिशा में।

शांत सर्पों के बीच से होता हुआ मैं आगे बढ़ता हूं तभी मेरे भीतर से आवाज़ आती है कि यह तेजस्वी व्यक्ति भंगवान शिव हैं...।

(11.1.95)

सुबह आंख खुलने से ठीक पहले देखा कि एक बुजुर्ग व्यक्ति के साथ छः-सात बरस का एक प्यारा-सा लड़का मेरे कमरे में आया है।

साथ आया व्यक्ति मुझसे कहता है— "यह बच्चा जब काला चश्मा लगा लेता है तो इसका आत्मविश्वास समाप्त हो जाता है, और जब यह चश्मा नहीं लगाता है तब खुली आंखों से किसी व्यक्ति के अंतरतम तक आर-पार देख लेता है...।"

यह सुनकर मैं बड़े ही प्यार से उस बच्चे का हाथ अपने हाथ में लेकर थपथपाता हूं। तभी वह बच्चा मेरी हथेली की ओर देखता है और कहता है— "आपके हाथ में शुक्र पर्वत पर अष्टदल कमल होना चाहिए।"

आश्चर्य के साथ देखता हूं, कि हमारी हथेली के शुक्र पर्वत पर सचमुच ही एक बड़ा-सा कमल बना हुआ है। यह कमल है मेरी त्वचा में ही, किंतु उसका रंग त्वचा के रंग का नहीं वरन ठीक कमल के लाल रंग जैसा है।

उस कमल में आठ से बहुत अधिक पंखुड़ियां दिखाई पड़ती हैं। इस पर मैं उस बच्चे से कहता हूं, "हां कमल का फूल तो है शुक्र पर्वत पर किंतु यह अष्टदल न होकर सहस्रदल कमल है।"

वह बच्चा मुस्कुराकर कहता है, "यह अष्टदल कमल ही था जो अब सहस्रदल कमल हो गया है।"

इसके साथ ही देखता हूं कि मेरे दाहिने हाथ के मणिबंध के पास से कुहनी की ओर जाता हुआ एक सतरंगा इंद्रधनुष बना हुआ है। ये रंग है मेरी त्वचा ही, किंतु तितली के पंखों के रंगों की तरह दिखाई पड़ते हैं।

(12.2.95)

6 फरवरी 1995 की रात के अंतिम पहर में देखा है कि एक बहुत बड़े पुस्तक-भंडार से मैंने श्री यू.जी. कृष्णमूर्ति की कोई पुस्तक ली है।

उस पुस्तक में यू.जी. के ढेर सारे चित्र छपे हैं। जब मैं उन चित्रों को देखता हूं तो चित्रों के साथ ही वो दृश्य मुझे जीवंत रूप में भी दिखाई पड़ते हैं।

—देखता हूं कि यू.जी. गैरिक वस्त्रों में हिमालय में विचरण कर रहे हैं।

—कहीं कुछ वृद्ध सन्यासियों के साथ खड़े हैं।

—एक हिमाच्छादित पहाड़ी के पास में स्थित गुफा के बाहर किसी वृद्ध तेजस्वी ऋषि के पास बैठे हुए हैं।

—कुछ स्थानों पर यू.जी. ध्यान में बैठे हुए दिखाई पड़ते हैं।

—एक दृश्य में यू.जी. सागर में नाव पर खड़े हुए कुछ व्यक्तियों से बातें कर रहे हैं। इस दृश्य में उनके चेहरे पर दाढ़ी-मूंछ भी हैं।

जागने के पश्चात् आश्चर्यचकित हूं कि यह दृश्य क्या यू.जी. के पिछले जन्मों के थे? क्योंकि इस जन्म में तो यू जी. संन्यास, साधना, ध्यान व गुरु आदि सबका विरोध व निषेध करते हैं।

महाशिवरात्रि से एक दिन पूर्व, दोपहर में तीन से पांच बजे के बीच देखा है, कि कहीं एक धूलभरी पगडंडी पर श्री रजनीश जी तेज़ क़दमों से चले आ रहे हैं।

वह अपनी युवावस्था में हैं।

उसी पगडंडी पर मैं उनकी ही दिशा में जा रहा हूं।

रजनीश जी मेरे पास आकर रुकते हैं और अपनी शांत व मधुर आवाज़ में मुझसे कहते हैं—

"मनुष्य की सबसे बड़ी विशेषता होनी चाहिए—समय के साथ चलना।

बदलते हुए समय के बदलते हुए सत्य के साथ तुम्हें भी बदलते रहना चाहिए।

प्रत्येक क्षण में सब नया हो जाता है।

जो इस क्षण की नवीनता को न पहचानकर, पिछले क्षण की पुरातनता को पकड़े रहेगा, वह नष्ट हो जाएगा।"

(26.2.95)

दोपहर बाद चार बजे से पांच बजे के बीच देखा है कि मैं एक बिस्तर पर पीठ के बल लेटा हुआ हूं।

अनेक़ दिव्य आभामंडित व्यक्ति मेरे बिस्तर के चारों ओर एक वृत्त में घूम रहे हैं।

इन दिव्य व्यक्तियों के शरीर चमकीले हैं, जिनसे चांदनी जैसा प्रकाश निकल रहा है।

पूरे वातावरण में पूर्ण शांति व्याप्त है।

अचानक मेरे शरीर में कम्पन होने लगा, और फिर अचानक पूरा शरीर निस्पंद हो गया। मैं चाहकर भी हिले-डुल नहीं पा रहा था।

अचानक विद्युत प्रवाह की तरह कोई शक्ति मेरी जननेंद्रिय से सिर की ओर उठने लगी।

मुझे अपूर्व आनंद की अनुभूति हो रही थी, लेकिन साथ ही बहुत घबराहट भी हो रही थी कि ये क्या हो रहा है...।

स्वप्न में ही.सोचता हूं कि शायद यही कुंडलिनी शक्ति का जागरण होता है...।

(3.3.95)

बसंत पंचमी से कुछ दिन पहले की रात में देखा है कि किसी नगर में टहलता हुआ एक जगह पहुंचता हूं, जहां सफ़ेद संगमरमर की एक विशाल व ख़ूबसूरत क़ब्र बनी हुई है।

इन क़ब्र के दोनों ओर बहुत दूर तक गुलाब के पौधे लगे हैं। उन पौधों में सफ़ेद और लाल गुलाब की अधखिली कलियां हैं।

जहां पर गुलाब के पौधे समाप्त होते हैं, वहां पर एक बहुत बड़ा पुराना महल है। इस महल में किसी के रहने के चिह्न नहीं दिखाई देते...

क़ब्र की सीढ़ियां चढ़कर जब मैं ऊपर पहुंचता हूं, तो वहां कंधे के पास से टूटी हुई सफ़ेद संगमरमर की नारी-मूर्ति रखी दिखाई पड़ती है।

उस मूर्ति को दोनों हाथों में पकड़े हुए मैं कब्र की सीढ़ियों से उतर रहा होता हूं कि मेरा पांव फिसल जाता है, जिससे पांव की एड़ी के पास दर्द होने लगता है।

एड़ी के पास यह दर्द जागने के पश्चात भी कई दिन तक होता रहा...

(4.3.95)

रात को एक बजे के बाद देखा है कि कहीं जंगल में ज़मीन में कई छोटे-छोटे गड्ढे खुदे हुए हैं।

एक गड्ढे से बहते हुए पानी को बाल्टी में भरकर स्नान कर रहा हूं।

उस गड्ढे से पानी बाल्टी में भरते समय न जाने क्यों भगवान श्रीराम का स्मरण लगातार आता रहता है। भीतर कहीं अहसास-सा उभरता है कि इस पानी वाले गड्ढे और इन सूखे हुए गड्ढों का भगवान श्रीराम से कोई सम्बंध है...

स्नान करने के पश्चात जब मैं जंगल में आगे बढ़ता हूं, तो कुछ गहराई तक ज़मीन में धंसी हुई एक खड़ी-सी चट्टान दिखाई पड़ती है।

पास जाने पर देखता हूं कि तांबई, पीले व सफ़ेद रंगों से उस चट्टान पर किसी स्त्री का बहुत सुंदर चेहरा चित्रित है। चित्रित चेहरे से दिव्यता झलक रही है, लेकिन आंखों में उदासी के भाव हैं। मन के भीतर एक पहचान उभरती है कि यह चित्र सीता का है।

चित्र को बहुत देर तक अपलक निहारता रहता हूं। चित्र को देखते- देखते में तंद्रा में चला जाता हूं। उस समय दिखाई देता हैं कि सीताजी का वह चित्र चट्टान पर नहीं बल्कि पानी की सतह पर बना है।

पानी में धीरे-धीरे हलचल होती है, और सीताजी का वह चित्र उनके कई भिन्न-भिन्न चित्रों में बदलने लगता है...

कहीं से आवाज़ उभरती है कि इस पानी पर सीताजी का पूरा जीवन चित्रित है...

(12.3.95)

एक बहुत बड़ा पुराना महल है, जहां मैं एक बेंत की कुर्सी पर बैठा हूं। तभी वहां एक स्त्री आती है। उसके बाल खुले हुए हैं, माथे पर लाल सिंदूर की बड़ी-सी बिंदी लगाए हुए है।

मेरे पास आकर वह एक कुर्सी पर बैठ जाती है। देखता हूं उसके पास में एक बड़ी-सी टोकरी रखी है, जिसमें गाय का कटा हुआ कच्चा मांस भरा हुआ है। वह स्त्री गाय के मांस को खाने लगती है, तो मैं दूसरी ओर देखने लगता हूं।

वह मुझे बताती है कि वह कई जन्मों से प्रेतयोनि में भटक रही है, और मांस व ख़ून देखकर उस पर जुनून-सा सवार हो जाता है...।

वह मुझसे याचना-भरे स्वर में कहती है, "अब मुझे मुक्ति चाहिए।"

मैं मुस्कुराकर उसकी ओर देखता हूं और मेरे देखते-देखते वह वहां से अदृश्य हो जाती है।

(15.3.95)

27 अप्रैल, 1995 की दोपहर में दो से चार बजे के मध्य एक अद्भुत व अलौकिक दृश्य देखा है। देखा है कि मैं किसी जंगल में हूं।

यह पता चलता है कि यह किसी प्राचीन समय की घटना है।

मैं एक युवा लामा के रूप में हूं। मेरे साथ एक बहुत वृद्ध लामा हैं, जिन्हें मैं अपना गुरु जानता हूं।

कहीं-कहीं पर कुटिया जैसे कुछ घर बने हुए दिखते हैं। हमारे पास में ही मेरे पिताजी बैठे हुए हैं। उसी स्वप्नावस्था में मुझे पता चलता है कि इस समय के पिता ही वर्तमान जन्म में भी मेरे पिता हैं।

वृद्ध लामा मेरे पिता से कहते हैं—"अब मैं जाऊंगा। मेरा कार्य समाप्त हुआ। तुम्हारे पुत्र को जितनी शिक्षा-दीक्षा मैं दे सकता था, वह सम्पन्न हो गई है। इसे लगभग सारी सिद्धियां प्राप्त हो गई हैं।"

यह सुनकर मेरे पिता उन लामा से पूछते हैं—"क्या आप इस संसार से सदैव के लिए चले जाएंगे?"

इस पर वो वृद्ध लामा हंसने लगते हैं। सामने कुछ दूर स्थित अशोक

के विशाल वृक्ष की ओर कुछ देखने के पश्चात मेरी ओर संकेत करके कहते हैं—"हां, चला तो जाऊंगा। लेकिन मैं तुम्हारे पुत्र के साथ एक कोड तय करूंगा। ये जब भी चाहेगा तो उस कोड के माध्यम से मैं इसके समक्ष सशरीर उपस्थित हो जाऊंगा।"

इसके पश्चात वो वृद्ध लामा अशोक के वृक्ष के नीचे बैठकर ख़ूब ज़ोरों से हंसते हैं और आकाश की ओर इशारा करते हैं।

आकाश में कई अंक लिखे हुए दिखाई पड़ते हैं। कहीं पर बहुत बड़ा 240 लिखा देखा और कहीं पर 37 लिखा देखा। अंक 37 के बारे में कोई आवाज़ बताती है कि यह अंक भगवान शिव व पार्वती का है।

इसके पश्चात आकाश में आग की लपट से जैसा लिखा हो, इस तरह 40 अंक लिखा देखा। इस 40 के अंक के किनारे से होती हुई आकाश में बनी एक विशालकाय कुंडली देखी। इस कुंडली के बारहों घरों के भीतर अनेक दृश्य तीव्र गति से परिवर्तित हो रहे थे। प्रकाशमय तरंगों की तीव्र हलचल दृष्टिगत हो रही थी...

यह दृश्य अचानक बदलता है और मैं अपने आप को किसी सुनसान जंगल में खड़ा हुआ पाता हूं। मेरे हाथ में एक पुस्तक है। इस पुस्तक में मेरे द्वारा किए गए प्रश्न हैं और मेरे लामा गुरु के द्वारा दिए गए उत्तर हैं।

इस स्वप्न में छिपे कोड का रहस्य जानने की लगन मेरे भीतर बहुत गहरी थी। यह मेरी जिज्ञासा ही थी जो मुझे अमृता जी के घर तक ले गई और शायद मेरी सघन जिज्ञासा ही उस दिन अलौकिक व अतींद्रिय ज्ञान से सम्पन्न श्री सांईं काका जी को वहां खींच लाई थी...

सांईं काका ने स्वप्न में छिपे कोड का रहस्य बताते हुए कहा—"तुम्हारा यह जन्म 240 वर्ष पश्चात् हुआ। यात्रा तो तुम्हारी पूरी ही हो चुकी है। 37वें वर्ष में प्रारम्भ होकर तुम्हारी अंतर्यात्रा चालीसवें वर्ष में पूर्ण हो जाएगी।"

उनके यह वचन मेरे अंतर्मन में आशीषमय धरोहर की तरह रहेंगे।

महाशिवरात्रि से एक दिन पूर्व 26 फरवरी, 1995 की दोपहर में तीन से पांच बजे के बीच देखा है, कि कहीं एक धूलभरी पगडंडी पर श्री रजनीश जी तेज़ क़दमों से चले आ रहे हैं।

वह अपनी युवावस्था में हैं।

उस पगडंडी पर मैं उनकी ही दशा में जा रहा हूं।

रजनीश जी मेरे पास आकर रुकते हैं, और अपनी शांत व मधुर आवाज़ में मुझसे कहते हैं—

"मनुष्य की सबसे बड़ी विशेषता होनी चाहिए—समय के साथ चलना।

बदलते हुए समय के बदलते हुए सत्य के साथ तुम्हें भी बदलते रहना चाहिए। ।

प्रत्येक क्षण में सब नया हो जाता है।

जो इस क्षण की नवीनता को न पहचानकर, पिछले क्षण की पुरातनता को पकड़े रहेगा, वह नष्ट हो जाएगा।"

देखा है, कि कोई चार सुंदर, चंचल-सी किशोरियां हैं, जिनके साथ मैं किसी झील में तैर रहा हूं।

अचानक वो झील नदी को तरह बहने लगती है और मैं धारा के प्रवाह के साथ बहने लगता हूं, वो चारों किशोरियां पीछे छूट जाती हैं। बाद में फिर कहीं नहीं दिखती। मैं नदी की सतह पर मुर्दे की तरह तैर रहा हूं।

नदी के प्रवाह के साथ बहता हुआ मैं एक सुनसान से मैदान से गुज़रता हूं। उस मैदान में नदी के किनारे पर बना हुआ एक कमरा दिखता है। मैं किसी को बताता हूं कि यह कमरा किसी पूर्वजन्म में मेरे पिता ने मेरे लिए बनवाया था...

मेरे इतना कहते ही नदी का जल बढ़कर उस कमरे को अपने प्रवाह में समेट लेता है।

आगे जाकर नदी एक संकरे से रास्ते से गुज़रती है, जिसके दोनों ओर ऊंचे-ऊंचे हरीतिमाच्छादित पर्वत हैं। पास दिखती एक पर्वत की चोटी पर एक बच्चा पद्मासन में शांत बैठा है, उसे देखकर मुझे लगता है कि वह बच्चा वहां पर हज़ारों बरस से बैठा है...।

मैं उस-बच्चे से कहता हूं—"मेरे मरने के बाद भी नदी नहीं रुकनी चाहिए।"

यह सुनकर वो बच्चा मुस्कुराकर आशीर्वाद की मुद्रा में अपना हाथ ऊपर करता है।

अचानक देखता हूं कि मैं स्वयं नदी हो गया हूं, और नदी अत्यंत तीव्र वेग से हहराती व गरजती हुई बहने लगती है...।

(8.8.95)

देखता हूं कि किसी जगह पर मेरे सामने सफ़ेद काग़ज़ो का एक विशाल ढेर पड़ा हुआ है...।

इन काग़ज़ों पर काली स्याही से बहुत कुछ लिखा हुआ दिखता है।

वहां पर कोई व्यक्ति तो दिखाई नहीं पड़ता है, लेकिन एक आवाज़ कहीं से आती सुनाई पड़ती है, कि उन काग़ज़ों पर मेरे अतीत के सभी जन्मों का विवरण लिखा हुआ है।

उस बड़े से ढेर के पास में ही नौ-दस कोरे काग़ज़ अलग पड़े हुए हैं।

आवाज़ कहती है—"इन काग़ज़ो पर तुम्हारे भविष्य का विवरण है।"

मैं सवाल करता हूं—"इन पर तो कुछ भी नहीं लिखा है?"

आवाज़ जवाब देती है—"हां, कुछ नहीं लिखा है...।"

(4.1.96)

6 जनवरी, 1996 की रात में देखा है कि मैं किसी शहर में पैदल टहलता हुआ जा रहा हूं। एक जगह मैं सड़क के किनारे खड़ा हो जाता हूं, तभी एक लम्बे क़द के वयोवृद्ध संन्यासी के साथ जाती हुई अमृता प्रीतम जी दिखाई पड़ती हैं।

एक व्यक्ति मेरे पास आकर बताता है कि अमृता जी के साथ जो स्वामी जी हैं उनका नाम श्री युक्तेश्वरानंद जी है। और उनका कहना है कि भगवान श्रीकृष्ण के पश्चात वे ही सोलह कला सम्पूर्ण व्यक्तित्व हैं।

देखा है कि एक वृद्ध संन्यासी से वार्तालाप कर रहा हूं।

मैं उन्हें बताता हूं कि एक तांत्रिक ने मूठ चलाकर कुछ लोगों को मार दिया है।

यह सुनकर वह संन्यासी उदास हो जाते हैं, और फिर आसमान की ओर देखते हुए धीमी आवाज़ में कहते हैं—"आज जो तांत्रिक तंत्र का राजनीति में तथा व्यक्तिगत स्वार्थ-सिद्धि में प्रयोग कर रहे हैं, उन्हीं के कारण चंद्रमा कमज़ोर हो गया है। लोभ और वासनापूर्ति के लिए तंत्र का प्रयोग जो तरंगें उत्पन्न करता है, उसने सबके चंद्रमा को कमज़ोर कर दिया है।"

(6.1.96)

28 फरवरी की रात्रि में एक स्वप्न में देखा कि कहीं K754286 बहुत बड़ा-बड़ा लिखा हुआ है। (28.2.96)

26 अप्रैल, 1996 की रात में अमृता प्रीतम जी को अत्यंत वृद्ध व कमज़ोर अवस्था में देखा है। उनके पास में ही एक सुंदर नवयुवती खड़ी है।

उसी समय मुझे पता चलता है कि यह युवती अमृता जी के एक पूर्वजन्म का रूप है।

2 मई, 1996 की रात को एक दृश्य देखा है, जिसके बारे में स्वप्नावस्था में ही जानता हूं कि यह किसी पिछले जन्म की घटना है।

देखा है कि एक शिव-मंदिर के सामने बने चबूतरे पर तीस-पैंतीस बरस की एक तेजस्विनी, सुंदर संन्यासिनी बैठी हैं, जिनके बारे में जानता हूं कि यही वर्तमान जन्म में अमृता प्रीतम हैं।

वहीं सामने मैं भी बैठा हूं। मेरी उम्र चौबीस-पच्चीस बरस की लगती है। क़द लम्बा है और मेरे बाल लम्बे व खुले हुए कंधों तक हैं। उस संन्यासिनी के साथ मेरी प्रश्नोत्तर चर्चा-सी हो रही है। हम लोगों के चारों ओर ढेर सारे लोग खड़े हैं।

10 मई, 1996 की रात में देखा है कि मैं अमृता प्रीतम जी के घर में हूं।

उनसे कई तरह की बातें हो रही हैं।

वार्तालाप के मध्य में ही वो एक अलमारी खोलकर उसमें से ढेर सारे बड़े-बड़े सफ़ेद काग़ज़ों का बंडल निकालती हैं।

उन काग़ज़ों पर इंदिरा जी के बचपन से लेकर वृद्धावस्था तक के ढेर सारे रेखाचित्र काली रेखाओं से बने हैं।

अमृता जीं कहती हैं कि ये रेखाचित्र उन्होंने स्वयं बनाएं हैं और अभी तक किसी को दिखाए नहीं हैं।

मैं सोचता हूं कि चित्र तो इमरोज़ जी बनाते हैं। अमृता जी को तो चित्र बनाना आता नहीं, फिर सोचता हूं कि हो सकता है वो कुछ और

कहना चाह रही हों।

उन रेखाचित्रों में से कुछ में इंदिरा जी अत्यंत सुंदर दिखती हैं, जिनके बारे में अमृता जी कहती हैं कि ये रेखाचित्र इंदिरा जी के किसी पिछले जन्म के हैं।

आधी रात के बाद का कोई समय था, जब कहीं सफ़ेद संगमरमर का बना बहुत बड़ा व भव्य भवन देखा है।

इस भवन में हर जगह सुंदर ढंग से ढेरों हीरे, मोती, माणिक, नीलम, पुखराज आदि रत्न जड़े हुए हैं।

रात के अंधेरे में कहीं ऊपर से तेज़ रोशनी केवल उस भवन के ऊपर पड़ रही है, जिसमें वह जगमगा रहा हैं। पता चलता है कि ऐसे ही रत्नजडित भवन कुछ और भी हैं।

(26.8.96)

21 सितम्बर, 1996 को रात को देखा है कि कोई मेरा दरवाज़ा धीमे से खटकाता है। उठकर कमरे का दरवाज़ा खोलता हूं तो देखता हूं कि श्री रजनीश जी मुस्कुराते हुए खड़े हैं। दोनों हाथ जोड़कर उन्हें प्रणाम करता हूं। वह अपनी युवावस्था में हैं।

वह मुझसे कहते हैं— "प्रेम में होना ही क्रांति में होना है।"

मैं कहता हूं— "कुछ पूछना चाहता हूं।"

वो कहते हैं— "हां, हां, पूछो।"

मैं पूछता हूं—"आजकल एक दीपक चोपड़ा हैं। वो कहते हैं कि प्रत्येक व्यक्ति का अपना एक जेनेटिक कोड होता है, जिसे प्रत्येक व्यक्ति को खोजना है। इस संदर्भ में कुछ कहें।"

थोड़ी देर मौन रहकर रजनीश जी कहते हैं— "देखो, 'जेनेटिक कोड'

एक सीमित शब्द है। यह वैसा ही अर्थ रखता है जिसे तुम 'बेसिक फाइबर' कहते हो। 'स्वधर्म' एक व्यापक शब्द है। गीता में कृष्ण जिस 'स्वधर्म' की बात करते हैं, वह प्रत्येक व्यक्ति का अलग-अलग होता है।

व्यक्ति को अपने नितांत मौलिक, अद्वितीय व केंद्रीय 'स्वधर्म' को पहचानना होगा। यही साधना है। अपने मूल में, अपने केंद्र में सबका 'स्वधर्म' है—परमात्मा।"

17 दिसम्बर, 1996 की रात को देखा है कि कहीं श्री अरविंद का सम्पूर्ण साहित्य रखा है। एक मोटी व पुरानीं-सी पुस्तक मैं उनमें से निकालता हूं।

महर्षि अरविंद की इस पुस्तक का नाम है— 'कृष्णसाधना व गोपिकाएं'।

एक जगह से पुस्तक खोलकर एक पंक्ति पढ़ता हूं और पुस्तक को पुनः यथास्थान रख देता हूं। उस पंक्ति में लिखा था—"कृष्ण ब्रह्म चेतना का नाम है और गोपिकाएं कुछ गुप्त नाड़ियां हैं।"

20 दिसम्बर, 1996 की रात को देखा है कि मैं किसी बहुत बड़े पुस्तकालय में हूं। एक रैक के सामने पहुंचकर में एक सजिल्द पुस्तक निकालता हूं। किसी लबसंग रम्पा नाम के लेखक द्वारा लिखित 'थर्ड आई' नाम की पुस्तक है।

पुस्तक को मैं बीच से खोलता हूं। बीच के उन पन्नों में कुछ फ़ोटोग्राफ़ हैं। मैं कोई फ़ोटो देख रहा होता हूं कि अचानक आंखों के आगे एक अन्य दृश्य दिखाई देने लगता है...

देखता हूं कि मैं एक लम्बी सुरंग-सी पहाड़ी गुफा में पद्मासन में बैठा हूं। पता चलता है कि यह गुफ़ा तिब्बत में कहीं है। गुफ़ा में हलका प्रकाश है। गुफ़ा का शांत वातावरण कुछ भरा-भरा-सा प्रतीत होता है।

मेरे ठीक सामने अचानक हवा में कुछ लहरें-सी ऊपर उठती हैं,

मुझे लगता है कि यह लबसंग रम्पा और उसके गुरु की अशरीरी उपस्थिति है।

जागने के पश्चात मैं सोचने लगा कि इस नाम की कोई पुस्तक सचमुच है क्या?

यह सपना जब मैंने अपने एक मित्र को बताया तो वह कहने लगे कि 'थर्ड आई' पुस्तक है और उसके लेखक भी लबसंग रम्पा ही हैं। रम्पा तिब्बत के ही हैं।

25 दिसम्बर, 1996 की क्रिसमस की रात की सुबह होने के क़रीब थी, जब एक अलौकिक दृश्य देखा है। नींद से बाहर आने के पश्चात लग रहा था कि मेरे भीतर से अपार ऊर्जा उमड़ती चली आ रही है।

देखा है कि एक अनजानी, निर्जन-सी जगह पर हूं। जहां तक निगाह जाती है वहां तक बस धरती ही धरती दिखाई पड़ती है। पूरा वातावरण नीरव है।

अचानक मेरी आंखों के सामने सुनहले रंग के कणों का एक अंधड़-सा दिखता है जो कि कुछ दूर जाकर बड़ी तेज़ी से ऊपर आसमान की ओर उठने लगता है। चमकीली सुनहली धूल का यह तीव्र वेगी अंधड़ ऊपर उठकर कुछ इस तरह आकार लेता है कि लगता है जैसे कोई नृत्य कर रहा हो।

ये कण बहुत तेज़ी से घूम रहे हैं। इनके बीच-बीच में तेज़ी से चक्कर काटती प्रकाश को सर्पिल लहरें भी दिखाई पड़ती हैं। यह सूक्ष्म कण जब आपस में टकराते हैं तो एक विचित्र-सी ध्वनि उत्पन्न करके नष्ट हो जाते हैं, लेकिन तुरंत ही उनके स्थान पर नए कण उत्पन्न हो जाते हैं।

कणों के विनाश व सृजन की प्रक्रिया का यह दृश्य और स्पष्ट होता है तो दिखाई पड़ता है कि विराट रूप में भगवान शिव नृत्य कर रहे हैं।

इनकी अलौकिकता से अभिभूत-सा मैं देर तक वहां खड़ा रहता हूं।

अगले दिन अपने एक मित्र को जब मैंने यह स्वप्न बताया तो वो कहने लगे कि भौतिक विज्ञानी फ्रिट्जोफ कॉपरा ने भी एक बार एक ऐसा ही दृश्य देखा था, कि जिसमें पार्टिकल व एंटी पार्टिकल आपस में टकराकर ऐसा दृश्य उपस्थित कर रहे थे जैसे कि कोई नृत्य कर रहा हो। और नटराज की प्रतिमा को देखकर उनको ऐसा लगा था कि कणों व प्रतिकणों की टकराहट के बीच उसने यही प्रतिमा तो देखी थी...

अगले दिन 26 दिसम्बर की रात का स्वप्न भी इस 25 दिसम्बर वाले स्वप्न से जुड़ा है.....

देखा है कि उत्सव जैसा चल रहा है। ढेर सारे लोग एकत्र हैं। मैं उन लोगों को एक मुट्ठी कच्चे चावल प्रत्येक को प्रसाद के रूप में बांट रहा हूं।

कई साधु-संत इधर-उधर हंसते हुए-से घूम रहे हैं।

एक साधु मेरे पास आकर कहता है, "पता चला कि आपने कल नटराज के दर्शन किए हैं। इसीलिए हम लोग आए हैं।"

27 दिसम्बर, 1996 को मैं अपराह्न (3.30 P.M. से 5.00 P.M.) के बीच सोया था। सोने से पहले मैं एडगर कॉयसी की ESP पर लिखी पुस्तक पढ़ रहा था।

नींद में स्वप्न में देखता हूं कि एडगर कॉयसी किसी प्राचीन समय में भारतीय था...

देखा एक पहाड़ी-सी जगह है, जहां एक युवा भारतीय संन्यासी अपने वृद्ध गुरु के चरणों में बैठा है...

पता चलता है कि यह युवा संन्यासी एडगर कॉयसी का एक प्राचीन रूप है। यह भी पता चलता है कि इस समय भी कॉयसी को अनेक

सिद्धियां प्राप्त थीं।

वह दूसरों का विचार पढ़ सकता था। परकाया प्रवेश कर सकता था, तथा सूक्ष्म शरीर की यात्राएं कर सकता था।

कालांतर में कॉयसी कुछ कारणों से साधना से विमुख होता गया, जिसके फलस्वरूप उसकी शक्तियां क्षीण हो गईं। कॉयसी जब सम्मोहन की अवस्था में जाकर इस जन्म में उत्तर देता था, जब उसकी चेतना का सम्पर्क कई बार उसके भारतीय गुरु की चेतना से होता था, और कई बार अन्य दिव्य आत्माओं से...।

(27.12.96)

11 मार्च, 1997 की रात को महाअवतार बाबा जी को देखा है।

महाअवतार बाबा जी बिलकुल मेरी तरह ही दिखाई पड़ते हैं। वो कहते हैं, "...आने वाले समय में लोग महामारियों से उतने नहीं मरेंगे, जितने प्रेम की कमी से मरेंगे...।"

28 मार्च, 1997 की रात स्वप्न में देखा कि किसी पहाड़ी जगह में दलाई लामा एक बाल लामा से एक पहाड़ी सुरंग पुनः खोलने को कहते हैं।

दलाई लामा कहते हैं कि यह सुरंग हज़ारों साल से बंद पड़ी है।

दलाई लामा के यह कहने के साथ ही वह बालक लामा अत्यंत शांत भाव से सुरंग के भीतर चला जाता है, और उसके भीतर से पत्थर निकालकर बाहर रख़ने लगता है।

दलाई लामा मुझसे कहते हैं—"यह बालक लामा अपने एक पिछले जन्म में लामा मार्शल था। लामा मार्शल ईसा मसीह की तरह करुणापूर्ण व दीनबंधु थे..."

(28.3.97)

17 जून, 1997 की दोपहर को एक अत्यंत अलौकिक स्वप्न देखा।

पूरे ब्रह्मांड का दर्शन किया है।

देखा कि आकाशगंगा की-सी ढेर सारी विराट सर्पिल लहरें आड़ी- तिरछी व सीधी एक-दूसरे में गुंथी हुई हैं।

हमारा सूर्य दिखता है।

सूर्य के चारों ओर घूमते हुए सभी ग्रह दिखते हैं।

पृथ्वी भी दिखती है।

फिर और सूर्य भी दिखते हैं, जो किसी बड़े सूर्य के चतुर्दिक घूम रहे हैं।

इस तरह का अंतहीन दृश्य दिखता है।

दिखती है, एक ग्रह पर एक सभ्यता, शुरू होती हुई और धीरे-धीरे पूर्ण विकसित होकर नष्ट होती हुई ।

एक शुभ्र तारा अचानक काला हो जाता है। पता चलता है कि वह तारा पूर्ण विकसित होकर नष्ट हो गया है।

(17.6.97)

25 अगस्त, 1997 की रात को देखा है कि मैं किसी घर में हूं। वहां दो महिलाएं हैं जो मेरे घर चलने को कहती हैं।

मैं उनसे कहता हूं कि पहले मैं घर का वातावरण देख आऊं फिर आप लोगों को ले चलूंगा। घर जाने के लिए जब मैं बाहर निकलता हूं तो देखता हूं कि उधर जाने वाली सड़क का पुनर्निर्माण हो रहा है। सड़क पर पड़े ताज़े तारकोल से बचने के लिए मैं किनारे के एक टूटे-फूटे मकान के टूटे दरवाज़े से दूसरी ओर निकलता हूं। अंदर जाकर मैं पाता हूं कि एक ऊंचे से टीले पर खड़ा हूं। उस टीले से नीचे उतरकर जब ज़मीन पर आता हूं तो देखता हूं कि जिसे मैं टीला समझ रहा था वह ढेर सारे शिवलिंगों का ढेर है जो कि मिट्टी में दबे हुए हैं। बिल्कुल नीचे एक

गणेश भगवान की प्रतिमा रखी है। प्रतिमा के ऊपर ताज़े फूल चढ़े हुए हैं। में हाथ जोड़कर गणेश जी की प्रतिमा को प्रणाम करता हूं।

वहां से होकर मैं आगे जाता हूं तो एक बड़े से घर में प्रवेश कर जाता हूं। घर में लकड़ी का पुराना नक़्क़ाशीदार फ़र्नीचर पड़ा हुआ है।

अभी मैं वहां खड़ा होकर फ़र्नीचर वगैरह देख ही रहा था कि इतने में वो दोनों महिलाएं भी वहां आ गईं जो मेरे घर आने को कह रही थीं।

उनमें से कम उम्र वाली महिला वहीं पड़ी कुर्सी पर बैठ जाती है। बड़ी उम्र वाली महिला फ़र्श पर एक चटाई बिछाकर सामने एक थाली में पूरियां, सब्ज़ी व सिंवई परोस देती हैं।

पूरियां खाकर मैं सिंवई खा रहा होता हूं तभी वहां गुरुदेव रवींद्रनाथ टैगोर आ जाते हैं। मेरे समीप आकर वो बैठ जाते हैं और मुझसे पूछते हैं—"कविताएं लिखते हो?"

मैंने कहा—"अब आपके सामने कैसे कहूं। हां, कुछ उलटे-सीधे शब्द लिख देता हूं कभी-कभी..."

महाकवि टैगोर मेरी आंखों में देखते हुए कहते हैं—"नहीं, नहीं, यह तुम्हारी कोई विनम्रता नहीं है। लिखते हो तो खुलकर कहो कि लिखते हो..."

मैं कहता हूं—"लिखने को तो मैंने ऐसा भी लिखा है जो बिल्कुल अविनम्रतापूर्ण प्रतीत हो सकता है। एक कविता बचपन में लिखी थी मैंने :

...मैं हिमालय,
हृदय में बह रही गंगा मेरे।
देवदार-सी बाँहें मेरी,
वाणी में ऋषियों के गान भरे।
मन के मानसरोवर में,
स्वर्ण हंस से स्वप्न तिरें..."

रवींद्रनाथ ने कहा—"बहुत सुंदर पंक्तियां हैं, इसमें अविनम्रतापूर्ण

क्या है?"

थोड़ी देर चुप रहने के पश्चात कहते हैं—

"जब कोई कवि मरता है
तो कविता मुक्त होती हैं।
जब कोई विचारक मरता है
वो विचार मुक्त होता है।
मुक्त होकर कविता व विचार
प्रवेश कर जाते हैं समग्र में
या समग्र प्रविष्ट हो जाता है
कविता व विचार में।"

विश्वकवि ने अभी अपनी बात पूरी की ही थी कि हवा के एक झोंके की तरह श्री रजनीश जी कक्ष में प्रवेश करते हैं।

श्री रजनीश जी हम लोगों के सामने रुकते हैं और कहते हैं—

"जब एक बुद्ध मरता है
तो बुद्धत्व मुक्त होता है।
मुक्त होकर बुद्धत्व छा जाता है
समग्र के ऊपर
समग्र की तरह।"

इतना कहकर हम लोगों के अभिवादनों के पश्चात वो मुड़ते हैं और तेज़ी से वापस चले जाते हैं।

रजनीश जी के जाने के पश्चात रवींद्रनाथजी मेरी जूठी सिंवई उठाकर खाने लगते हैं...

2 मई, 1997 की रात डेढ़ बजे एक अलौकिक स्वप्न से जागा हूं।

जागने के पश्चात भी स्वप्न की अलौकिकता से रोम-रोम स्पंदित हो रहा है।

देखा है कि मैं कोई बहुत पुरानी पीले पन्नों वाली पुस्तक पढ़ रहा हूं। पुस्तक के पन्ने इतने पीले हो चुके हैं कि पलटते ही टूट जाते हैं।

पुस्तक में एक जगह एनी बिसेंट के नाम से कुछ लिखा है। उस अंश को पढ़ते ही मेरे चारों ओर सुनहला प्रकाश फैलने लगता है। कुछ देर में हीं चारों ओर सुनहली रोशनी का समंदर-सा फैल जाता है। मेरे ठीक सामने उस सुनहले प्रकाश के भीतर से एनी बिसेंट प्रकट होती हैं। वह कहती हैं—"येलो कॉटेज में जे. कृष्णमूर्ति का पुनप्रार्कट्य होगा।" इतना कहकर वो उसी सुनहली रोशनी में अदृश्य हो जाती हैं।"

उनके अदृश्य होते ही एक स्वर गूंजने लगता है—येलो, येलो, येलो...

थोड़ी देर पश्चात उसी सुनहली रोशनी के समंदर से जे. कृष्णमूर्ति प्रकट होते हैं। मेरे पास आकर कृष्णमूर्ति जी मेरा हाथ पकड़ लेते हैं। एक-दूसरे का हाथ पकड़े हुए उस चमकीले प्रकाश में तैरते हुए से आगे बढ़ते हैं। एक घर के ऊपर से गुज़रते हुए मुझे अहसास होता है कि यही येलो, कॉटेज है...

जे. कृष्णमूर्ति मेरी ओर देखकर मुस्कुराते हैं...तभी मेरी आंख खुल जाती है।

24 अगस्त, 1997 की रात को देखा है कि मेरे मित्र मेरे यहां आए हैं।

मित्र कहते हैं, "कल मैं एक पुस्तक पढ़ रहा था 'SECRET DYNAMICS OF OCCULT FORCES IN HIMALAYA'

इस पुस्तक को पढ़ते हुए तुम्हारे बारे में कई बातें समझ में आईं। अचानक मेरे सामने उद्घाटित हुआ कि तुम्हारी चेतना सांईं की चेतना में मिल गई है...'

16 सितम्बर, 1997 की रात को देखा है कि में किसी नगर में तेज़ क़दमों

से जा रहा हूं।

मन बहुत भारी है।

एक घर मुझे अपनी ओर आकर्षित करता है। पास जाने पर पता चलता है महर्षि अरविंद रहते हैं।

मैं दरवाज़ा खटकाता हूं धीमे से। दरवाज़ा श्री अरविंद ही खोलते हैं। मैं दोनों हाथ जोड़कर उन्हें प्रणाम करता हूं। श्री अरविंद धीमे से मुस्कुराते हैं। अंदर पहुंचकर वो मुझे एक कुर्सी पर बैठने को कहते हैं। वो चाय बनाते हैं बिना दूध की।

मैं उनसे कहता हूं—"मेरी कुछ भी समझ में नहीं आ रहा है कि मैं क्यों हूं?"

श्री अरविंद कहने लगे—"फूल की आकांक्षा ही कांटा है। मुक्ति को चाह ही बंधन है।

जब प्यास मरती है, तब नदी जन्मती है।"

मैंने कहा "बातों में मुझे अब कोई रस नहीं आता।"

अरविंद उठकर टहलने लगे। टहलते हुए वो अचानक रुके और कहने लगे— "देखो, बाहर सांझ हो गई है। पक्षी वापस लौट रहे हैं..."

1 अक्तूबर, 1997 की रात को देखा है कि मेरे कक्ष में कोई व्यक्ति आया है। वो व्यक्ति मेरे कक्ष को झाड़-पोंछकर साफ़ करता है। सफ़ाई करने के पश्चात मेरी मेज़ को तरफ़ वाली दीवार पर वह शिरडी सांईं का एक चित्र लगाता है। चित्र लगाने के पश्चात वो मेज़ पर अगरबत्तियां जलाकर रखता है और वापस चला जाता है।

चित्र के पास जाकर देखता हूं कि यह चित्र सांईं बाबा के प्रचलित चित्रों से भिन्न है। इस चित्र में सांईं बाबा सुरम्य पहाड़ियों के बीच स्थित एक सफ़ेद रंग के मंदिर के पास बैठे हैं। मेरे देखते-देखते ही वो चित्र सजीव हो उठता है...देखता हूं कि चारों ओर हरीतिमाच्छादित सुरम्य पहाड़

हैं। वहीं सांई का आश्रम है। सफ़ेद रंग के कई मंदिर हैं वहां पर। कुछ दूर पर एक नदी बह रही है।

18 अक्तूबर, 1997 को दिन में मेरे एक मित्र आए थे। उनका कहना था कि उनके ऊपर किसी ने तंत्र का प्रयोग किया है। उनके जाने के पश्चात मैं इस बारे में देर तक सोचता रहा।

रात में स्वप्न में देखा कि किसी निर्जन-सी जगह में गंधबाबा श्री विशुद्धानंद जी के साथ टहल रहा हूं।

रास्ते में विशुद्धानंद जी कहते हैं—"तुम जानते ही हो कि इस जगत में कणों की मात्रा निश्चित है। न कोई कण निर्मित होता है, न नष्ट होता है। केवल रूप परिवर्तित होते रहते हैं।

जो विद्युत व स्पंदनों की भाषा जानते हैं वो जगत के कणों को आकर्षित या विकर्षित करके कुछ भी सृजित या नष्ट कर सकते हैं।"

यह बातें करते हुए हम एक कुटिया के पास पहुंचते हैं। कुटिया के सामने एक धूनी-सी जल रही है।

बाबा वहां रुकते हैं और कहते हैं—"अब तुम्हें एक उदाहरण दिखाता हूं। तुम्हारे उस मित्र ने, जो आज आया था और कहा था कि उस पर तंत्र का प्रयोग किया गया है, पिछले दिनों कहीं कुछ खाया था। उसके कण अभी भी ब्रह्मांड में हैं। मैं उन्हें आकर्षित करता हूं..."

इतना कहकर बाबा अपनी दाहिनी हथेली सामने फैलाते हैं। अचानक उनके हाथ पर सफ़ेद रंग की बर्फ़ी का एक टुकड़ा प्रकट हो जाता है। उस टुकड़े को मुझे दिखाने के पश्चात श्री विशुद्धानंद जी उसे धूनी की जलती हुई आग में डाल देते हैं...

अगले दिन जब मित्र आए तो वो बिल्कुल स्वस्थ थे। जब मैंने उन्हें सपना सुनाया तो उन्होंने कहा कि पिछले दिनों दो जगह उन्होंने सफ़ेद रंग की बर्फ़ी खाई थी।

14 नवम्बर, 1997 की रात को देखा है कि कोई व्यक्ति मुझसे कह रहा है— "पद्मासन में बैठ जाओ। तुम्हारी कुंडलिनी शक्ति मणिपुर चक्र पर पांच बार तथा अनाहत चक्र पर छः बार वर्तुलाकार घूमकर आगे बढ़ेगी..."

मैं उठकर पद्मासन में बैठ जाता हूं। महसूस होता है एक तेज़ ठंडी लहर-सी मेरे भीतर ऊपर उठ रही है। ऊपर उठते हुए यह लहर रीढ़ की हड्डी के मध्य में एक जगह पांच वर्तुल में तथा उसके ऊपर छः वर्तुल में घूमकर ऊपर उठती है।

2 दिसम्बर, 1997 की रात को देखा है कि श्री गोरखनाथ जी के साथ कहीं जंगल में एक पेड़ के नीचे बैठा हूं।

गोरखनाथ जी अधेड़ उम्र में हैं।

गोरख जी मुझसे कहते हैं— "भारत में प्रत्येक समय में पूर्णता को प्राप्त सात लोग रहते हैं। इस समय से पहले भी सात पूर्ण व्यक्ति थे। इस समय भी सात हैं और आगे भी सात लोग होंगे..."

वार्तालाप के मध्य में गोरखनाथ जी कुछ-कुछ सेब से मिलता-जुलता फल मुझे खाने के लिए देते हैं।

24 मार्च, 1996 की रात को देखा था कि यह एक बहुत पुरानी पुस्तक मेरे हाथ में है। पुस्तक में कई चित्र छपे हैं लेकिन एक चित्र न जाने क्यों मुझे आकर्षित करता है। चित्र के नीचे लिखा है—'अग्नि प्रवेश करती हुई शालक'।

चित्र देखने के साथ ही मुझे एक अन्य दृश्य भी दिखाई पड़ता है।

देखता हूं कि दूर किसी जंगल में आग लगी हुई है। एक युवा संन्यासिनी उस दावानल की ओर बढ़ती जा रही है।

सोचता हूं, देखो, अग्नि में भस्म हो जाने को तत्पर 'शालक' कितनी शांत है।

7 जनवरी, 1998 की अर्धरात्रि के पश्चात ध्यान में बैठा था कि अचानक यह पूरा दृश्य पुन: मेरे सामने दिखने लगा। साथ ही पहचान उभरी कि यह अमृता जी के किसी पूर्वजन्म का अंतिम दृश्य है।

अगले दिन अमृता जी की पुस्तक दरवेशों की मेहंदी देख रहा था तो देखा, 'हवन कुंड की मिट्टी' शीर्षक से उन्होंने लिखा है— "अग्नि-स्नान तो पहले भी किए थे, पर तब जवान उम्र थी, और वे स्नान आग की तपन से भी भरे हुए थे, मुहब्बत की लपटों से भी, और पीड़ा की सेंक से भी। तब कितने ही वर्ष तड़पते रहे थे, आग से कुछ स्याह भी हुए, और कुछ सुर्ख़ भी..."

यह पढ़ते हुए मैं चौंका, क्या अग्नि-स्नान की बात लिखते हुए अमृता जी की चेतना में अपने किसी पूर्वजन्म के अंत की छाया पड़ रही थी?

3 जुलाई, 1996 की सुबह होने के ठीक पहले एक अलौकिक दृश्य देखा था।

देखा कि मैं भगवान श्रीकृष्ण के समय में हूं। महाभारत युद्ध के अवशेष यहां-वहां दिखते हैं। मैं एक जंगल में खड़ा हूं। थोड़ी-थोड़ी देर में मधुर वाणी में संस्कृत के कुछ श्लोक सुनाई पड़ते हैं। थोड़ा आगे बढ़ने पर पेड़ों के एक झुरमुट के पास भगवान श्रीकृष्ण की मोहक छवि दिखाई पड़ती है। यह श्लोक उन्हीं के श्रीमुख से निःसृत हो रहे हैं।

सोचता हूं कि गीता का उपदेश तो कृष्ण ने महाभारत के पहले दिया था, फिर युद्ध के पश्चात गीता के श्लोकों से मिलते-जुलते यह कौन से श्लोक कृष्ण कह रहे हैं? क्या इन श्लोकों को लिपिबद्ध किया गया था? अपनी जिज्ञासाओं के समाधान हेतु मैं भगवान श्रीकृष्ण की ओर

बढ़ता हूं कि उन्हीं से पूछ लूं। तभी मैं जाग गया।

अमृता जी के घर पर मैं यह सपना उन्हें सुना रहा था कि एक दिन। जीवन व जगत के रहस्य की गहराई में उतरे हुए श्री सांई काका जी भी सौभाग्य से उस दिन वहीं उपस्थित थे।

उन्होंने बताया—जो श्लोक तुमने सुने हैं, वो 'अणु-गीता' के नाम से लिपिबद्ध हैं। यह श्लोक भगवान श्रीकृष्ण ने महाभारत के पश्चात तब कहे थे जब अर्जुन ने उनसे गीता के उपदेशों को संक्षेप में समझाने का अनुरोध किया था।"

कुणाल को एक सपने में रजनीश जी ने कहा था— "ये सपने तुम्हारी निधि हैं, इनका कभी ग़लत प्रयोग मत करना।"

कुणाल की उम्र छोटी है। दुनिया की धनमान जैसी शक्तियां बहुत बड़ी कशिश रखती हैं। मैं कुणाल के लिए शुभ इच्छा रखती हूं, इसलिए कहना चाहती हूं कि रजनीश जी ने जो कहा, उसे कभी भूलना नहीं कुणाल!

अमृता

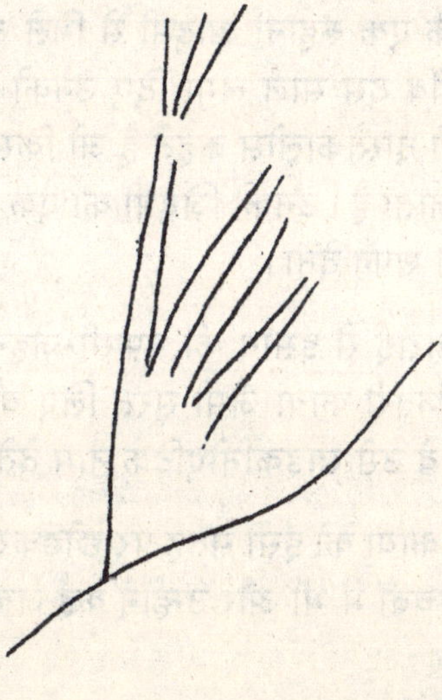

दामन की चौथी और पांचवीं डायमेंशन

हर इंसान की स्थूल काया कई डायमेंशंस की ख़बर देती है। उसकी फ़ितरी काया, इस तीन डायमेंशंस वाली दुनिया में होती है। उसकी नफ़सी चेतना वाली काया, चौथी डायमेंशन में और उसकी ज़हनी चेतना वाली काया पांचवीं डायमेंशन में।

अमरीका की मेन यूनिवर्सिटी के प्रोफेसर (किरिआकोस सी. मार्किडीज़) साइप्रस के एक रूहानी आदमी से मिले और मन में उठते कई सवाल लेकर क़रीब दस साल लगा दिए उनको जानने के लिए। उस रूहानी आदमी को दास्तकालोस कहते हैं जो किसी भी आदरणीय व्यक्ति के लिए कहा जाता है। उनकी ज़िंदगी का एक ही मक़सद है—ज़रूरतमंदों को रूहानी शफ़ा देना।

उन्होंने बहुत गहराई से इंसान की नफ़सी-ज़ेहनी चेतना के कई रहस्य बताए हैं, जो फ़ितरी काया जैसी सूरत लिए चौथी और पांचवीं डायमेंशंस में होते हैं। वे उसे साइकोनोएटिक नाम देते हैं।

वो अपनी स्थूल काया को इसी सतह पर छोड़कर चौथी डायमेंशन में भी जा सकते हैं, पांचवीं में भी और उन्होंने कई जन्मों के रहस्य जाने हैं।

ओशो भी इस ब्योरे में उतरते हैं कि ये तीन डायमेंशंस वाली दुनिया इंसान की कर्मभूमि है, जहां उसने अपनी साधना से विकसित होना है। लेकिन कुछ आत्माओं को छोड़कर बाक़ी सब मूर्छित अवस्था में पैदा होते हैं और मूर्छित अवस्था में ही इस दुनिया से चले जाते हैं। होशमंदी में जन्म लेनेवाले और होशमंदी में ये स्थूल काया छोड़नेवाले बहुत थोड़े लोग होते हैं।

तिब्बत के लामा लोग सदियों से इस रहस्य को जानते हैं। वे किसी को भी मूर्छित अवस्था में मरने नहीं देते। उसकी होशमंदी बनाए रखने के लिए वे दूसरी डायमेंशंस के कई ब्योरे उसके ज़हन में उतार देते हैं। उनका यक़ीन है कि होशमंदी में अगर ये काया त्याग दी जाए तो आने वाला जन्म भी होशमंदी में होता है।

ओशो ने ब्योरे से ये चिंतन दिया है कि सिर्फ़ जागी हुई आत्माओं को यह हक़ हासिल होता है कि वो नए जन्म के लिए अपनी मर्ज़ी की कोख चुन सकती हैं। मूर्छित आत्माएं ये चुनाव नहीं कर सकतीं, वो कहीं भी जन्म ले लेती हैं।

बिजली कणों से बने हुए ब्रह्मांड के कई रहस्य दास्तकालोस ने कई मिसालें देकर बताए हैं कि जो फ़िक्र और चिंता लेकर इंसान इस तीन डायमेंशंस की सतह पर जीता है, वे सभी हसरतें दूसरी डायमेंशंस में भी उसके साथ जाती हैं।

दास्तकालोस ने सूक्ष्म काया में जाकर दोज़ख भी देखे हैं, बहिश्त भी। ये दोज़ख और बहिश्त कहीं बने हुए नहीं हैं लेकिन दोज़खी सोचों वाले अपनी तरंगों से अपना दोज़ख ख़ुद बना लेते हैं।

उन्होंने एक वाकया सुनाया—कि धरती की सतह पर लिए जन्म के समय एक आदमी दौलत इकट्ठा करने की हवस में इस तरह गलतान था कि उन्होंने जब उसे दूसरी सतह पर देखा जहां वो सारा वक़्त नोट गिनने में गुज़ारता है। कुछ गिनती तक पहुंचकर उसे गिनती भूल जाती है, और वो फिर से नोट गिनने लगता है।

इसी तरह उन्होंने ईरान-इराक की लड़ाई में मरे हुए लोगों को देखा, जो दुश्मनी की सोच अपने साथ ले गए थे। और वो अभी तक उस साइकोनोएटिक सतह पर लौट रहे हैं। अपनी ओर से वो जब किसी को मार देते हैं, तो वो मरा हुआ आदमी फिर उसी तरह दिखने लगता है। वो नफ़सी और ज़हनी बदन होता है, जिसे न मिटाया जा सकता है न ज़ख्मी किया जा सकता है। न किसी बदन को पीड़ा होती है, न ख़ून बहता है, लेकिन जो लोग दुश्मनी का अहसास लेकर उस सतह पर गए हैं, वे सभी उसी अहसास को घटते हुए देख रहे हैं।

दास्तकालोस इस ब्योरे में भी जाते हैं—कि ये सब मूर्छित आत्माएं हैं, जो इस सतह पर विकसित नहीं हो पातीं। सिर्फ़ वे आत्माएं विकसित हो पाती हैं जो धरती की इस सतह से विकसित होने की जिज्ञासा लेकर जाती हैं।

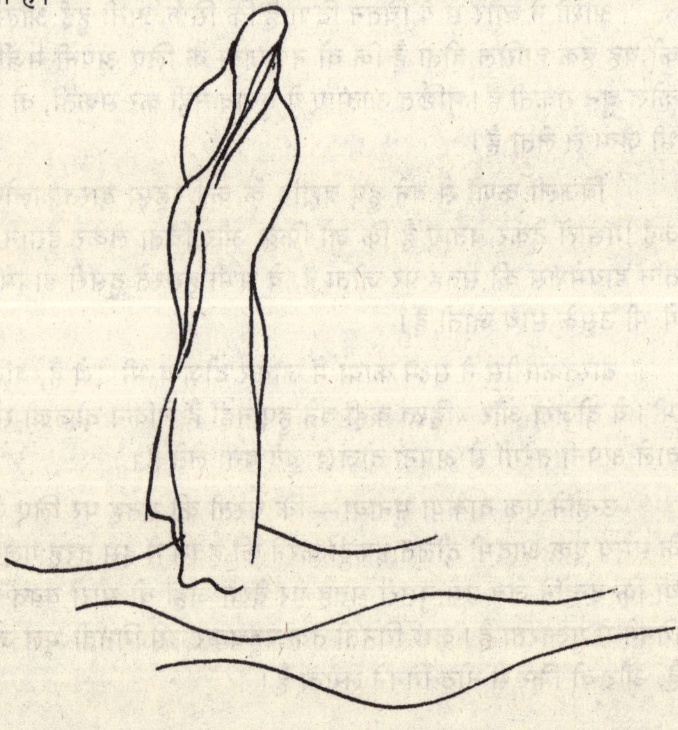

दामन के अंधेरे में जलते हुए अक्षर

जाने-दर्द के कितने अहसास लिए, जब किसी की आंखों के सामने तसव्वुरात की परछाइयां उभरती हैं, तो कौन जान सकता है, कि उसे कितने सितारे आसमान पर बनते हुए भी दिखाई देते हैं और टूटते हुए भी...

उन्हीं बनते-टूटते सितारों की राख से जब कुछ परछाइयां उभरती हैं, तो वे ख़ामोशी में भी उतरती हैं, और कभी-कभी अक्षरों में भी...

शायद वही आलम होगा, जब साहिर ने लिखा :

जवान रात के सीने में दूधिया आंचल
मचल रहा है किसी ख़्वाबे-मरमरीं की तरह
हसीन फूल, हसीं पत्तियां, हसीं शाखें
लचक रही हैं किसी जिस्मे-नाज़नीं की तरह
फ़िज़ा में धुल से गए हैं उफ़क के नार्म खुतूत
ज़मीं हसीन है, ख़्वाबों की सरज़मीं की तरह
तसव्वुरात की परछाइयां उभरती हैं...

कभी गुमान की सूरत कभी यकीं की तरह

वे पेड़ जिन के तले में पनाह लेते थे
खड़े हैं आज भी साकित किसी अमीं की तरह

इन्हीं के साए में फिर आज दो धड़कते दिल
ख़ामोश होंठों से कुछ कहने-सुनने आए हैं
न जाने कितनी कशाकश से कितनी काविश से
ये सोते-जागते लमहे चुराके लाए हैं...

यही फ़िज़ा थी, यही रुत यही ज़माना था
यहीं से हमने मृहब्बत की इब्तिदा की थी
धड़कते दिल से, लरज़ती हुई निगाहों से
हज़ूरे-ग़ैब में नन्ही-सी इल्तिज़ा की थी
कि आरज़ू के कंवल खिलके फूल हो जाएं
दिलों-नज़र की दुआएं कबूल हो जाएं
तसव्वुरात की परछाइयां उभरती हैं...

तुम आ रही हो ज़माने की आंख से बचकर
नज़र झुकाए हुए और बदन चुराए हुए
ख़ुद अपने क़दमों की आहट से झेंपती, डरती,
ख़ुद अपने साए की ज़ुम्बिश से ख़ौफ़ खाए हुए
तसव्वुरात की परछाइयां उभरती हैं...

रवां है छोटी-सी कश्ती हवाओं के रुख़ पर
नदी के साज़ पे मल्लाह गीत गाता है
तुम्हारा जिस्म हर इक लहर के झकोले से
मेरी खुली हुई बांहों में झुल जाता है
तसव्वुरात की परछाइयां उभरती हैं...

मैं फूल टांक रहा हूं तुम्हारे जूड़े में
तुम्हारी आंख मुसर्रत से झुकती जाती है

न जाने आज मैं क्या बात कहने वाला हूं
अबाने-ख़ुश्क में आवाज़ रुकती जाती है
तसव्वुरात की परछाइयां उभरती हैं...

मेरे गले में तुम्हारी गुदाज़ बांहे हैं
तुम्हारे होंठों पे मेरे लबों के साए हैं
मुझे यकी है कि हम अब कभी न बिछड़ेंगे
तुम्हें गुमान है कि हम मिलके भी पराए हैं
तसव्वुरात की परछाइयां उभरती हैं...

मेरे पलंग पे बिखरी हुई किताबों को
अदाए-अज़्ज़ो-करम से उठा रही हो तुम
सुहाग-रात जो ढोलक पे गाए जाते हैं,
दबे सुरों में वही गीत गा रही हो तुम
तसव्वुरात की परछाइयां उभरती हैं...

ख़ुदा ने साहिर को जाने कितनी तौफ़ीक दी होगी, कि वे अपने तसव्वुरात की परछाइयां अक्षरों में उतार पाए...

और यही परछाइयां देखते-देखते वे जाने किस आकाश में खो गए...

और नहीं जानते कि उनके अक्षरों में उतरने वाले, कितनी परछाइयों में घिर जाते हैं, और फिर ख़ामोश बने रह जाते हैं...

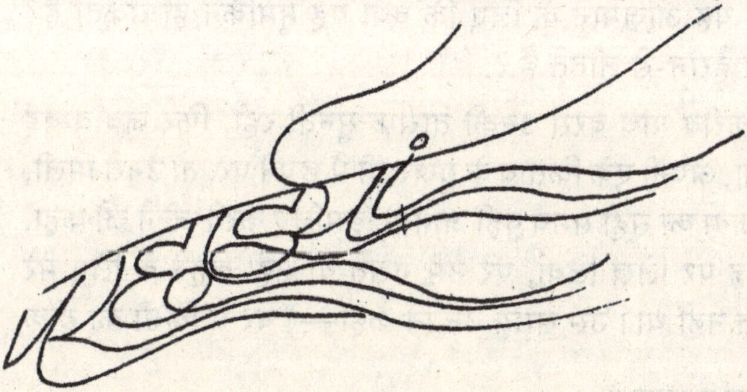

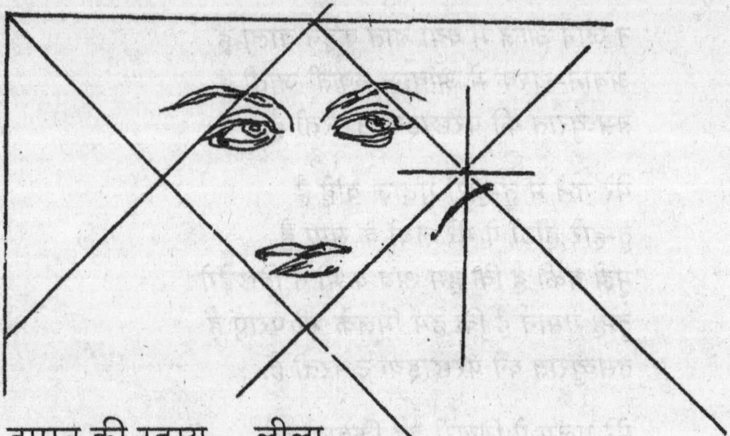

दामन की रहस्य—लीला

तीन सपने-तारीख़ें और ताबीर

सितारो का इल्म रखने वालों में एक नाम —सुना सतिंद्र आनंद। और सुना की उनके पास कोई ख़ुदादाद चीज़ है, जिससे वे किसी की ज़िंदगी की बीती हुई घटनाएं और आनेवाली तो बताते ही हैं, कई बार तारीख़ें तक बता देते हैं...

लगा—यह सब अलामतें उनकी हैं, जो कोई सिद्धि हासिल कर लेते हैं। जिस तरह बम्बई के करवे गुरुजी हैं, जो किसी को देखकर उसके जन्म का साल, महीना, तारीख़ और वक़्त तक भी बता देते हैं। हमारे देश के कई मंत्री भी उनके पास जाते हैं, और कई वे तलब वाले भी, सिर्फ़ यह आज़माने के लिए कि क्या यह मुमकिन हो सकता है? और सभी हैरान-से लौटते हैं...

मैं क़रीब पांच बरस उनकी तारीफ़ सुनती रही, फिर जब बम्बई जाना हुआ, अपनी एक किताब के गुजराती में छपने पर, तो उनसे मिली, मैं अपने जन्म का सही समय नहीं जानती, इसलिए करवे जी ने जो कहा, वह काग़ज़ पर लिख लिया, पर उसे ग़लत या सही कहने के लिए मेरे पास सबूत नहीं था। उस समय उन्होंने कहा—"घर में किसी का ठीक

जन्म-समय मालूम है?" मैंने कहा—"जी हां, मेरे बेटे के जन्म का ठीक समय मालूम है।" वे कहने लगे—"मुझे न बताओ, बेटे की तस्वीर पास हो तो दिखा दो!" मेरे पास छोटी-सी एलबम थी, मैंने तस्वीर दिखाई तो करवे जी ने बेटे का जन्म-समय और पूरी ग्रह-दशा बता दी, जो बिल्कुल ठीक थी...

एक बार हरिद्वार जाते हुए, करवे जी दिल्ली आए थे, मेरे पास दो रात ठहरे थे, पर पूरा समय पूजा में बैठे रहे। सिर्फ़ एक दोपहर श्री के.एन. राव पांच दोस्तों को लेकर आए, जिन सबके पास अपने-अपनी जन्मपत्री थी, पर किसी ने करवे जी को नहीं दिखाई, और अपने-अपने जन्म-समय की ग्रह-दशा पूछी। बारी-बारी पूछते रहे, करवे जी बताते रहे, और सभी हैरान-से उनको ओर देखते रहे...

यह वाकया था, जिसकी रोशनी में मैंने सोचा कि सतिंद्र आनंद के पास भी ज़रूर कोई इसी तरह की सिद्धि होगी। पर जब वे मिले, तो कहने लगे—"नहीं, मेरे पास कोई सिद्धि नहीं, जो बताता हूं, ज्योतिष के इल्म से बताता हूं...यह इल्म अथाह सागर है, इसमें जितना डूबते जाओ, उतना कुछ मिलता जाता है... "

1997 की बात है, मई-जून का महीना था, एक दिन सतिंद्र जी मेरे पास बैठें थे, कि अचानक श्री काका आ गए। मैंने ग़ौर किया, कि जब श्री काका ने कमरे में कदम रखा, सतिंद्र जी ने अपने हाथ में पकड़ी क़लम से अपनी हथेली पर कुछ लिखा।

यह पहली बार था जब सतिंद्र जी ने श्री काका को देखा था, और साधारण-सी बातों के बाद सतिंद्र अचानक कहने लगे—"आपने अमुक बरस, अमुक दिन संन्यास लिया था?"

काका ने ज़रा हैरानी से उनकी ओर देखा और कहा—"हां, बिल्कुल ठीक है, पर यह आपने किस तरह बताया है?"

आनंद जी ने कहा—"जिस समय आपने कमरे में कदम रखा था, मैंने घड़ी देखी थी, हथेली पर वक़्त लिख लिया था, उसी से प्रश्न-कुंडली बनाकर बता रहा हूं... "

श्री काका ख़ुद यह सितारों का इल्म जानते हैं, फिर भी हैरान थे, ओर मैं पूछ रही थी—"क्या प्रश्न-कुंडली से इतना कुछ बताया जा सकता है?"

फिर अक्तूबर की 10 तारीख़ थी, जब आनंद साहिब आए, तो सपनों की बातें चल निकलीं। उन बातों के दौरान मैंने कहा—"मुझे एक अजीब सपना आया है, एक-दो महीने हो गए हैं..." आनंद जी ने घड़ी देखी और कहा—"यह सपना 19 जुलाई की रात आया होगा..."

मैं हंस दी—"क्या ज्योतिष में सपने की तारीख़ भी बताई जा सकती है?"

मुझे तारीख़ याद नहीं थी, इसलिए डायरी निकाली तो देखा—सचमुच वह सपना 19 और 20 जुलाई की रात आया था। पूछा—"वह तारीख़ की बात आपने किस तरह कही, यह पेशीनगोई जैसी बात है..." वे कहने लगे—"यह पेशीनगोई नहीं, सिर्फ़ गिनती है। जिस समय आप सपने की बात कर रहे थे, मैंने वक़्त देखा था, 5 बजकर 20 मिनट थे..."

ख़याल आया—अगर वे तारीख़ तब बता सकते हैं, तो शायद ताबीर भी बता सकते हैं, इसलिए पूछा—"फिर उस सपने की ताबीर भी बताओ!" सपना यह था कि मुझे कोई महात्मा मिले, पहली बार, मैं पहचानती नहीं थी, कहने लगे, "काका स्थूल काया को छोड़कर सूक्ष्म काया में यात्रा के लिए गए हैं। वापस आकर मिलेंगे।" उस वक़्त पता नहीं क्यों मैंने उनसे पूछा—"मैंने इस स्थूल काया में और कितने दिन रहना है?" उन्होंने कहा—"अब बहुत दिन नहीं।"

मेरी नज़र में इस सपने का संकेत बहुत स्पष्ट था, कि अब मेरे इस काया में रहने के थोड़े से दिन बाकी हैं। पर सतिंद्र जी कहने लगे—"यह सपना अपने आपमें पूरा नहीं, इसका अगला हिस्सा, अगले सपने में आएगा।"

मैंने हंसकर पूछा—"अच्छा, अगला सपना कब आएगा?"

सतिंद्र कहने लगे—"अक्तूबर में, इसी महीने। बहुत जल्दी, दो दिन में..."

यह बात अक्तूबर की 10 तारीख़ को हुई थी, और 13 तारीख़ की रात मैंने देखा—मैं और इमरोज़ एक पुल पार कर रहे हैं, सलेटी से रंग का, जो दोनों जगत को मिलाता है, कोई उस पुल से दूसरे लोक में भी जा सकता है, और उस लोक से कोई इस लोक में भी आ सकता है। जब चाहे...

सतिंद्र जी आए, मैंने सपना भी बताया, तारीख भी। वे कहने लगे—"यह सपना, उसी पहले सपने की कड़ी है, पर अभी भी पूरा नहीं। एक सपना और आएगा, इसी लड़ी का—फिर कुछ पता चलेगा..."

मैंने पूछा—वह कब आएगा?"

वे कहने लगे—"दिसम्बर के आख़िर में, या दो-चार दिन इधर-उधर हो सकते हैं..."

वह बरस बीत गया, दिसम्बर भी, और 1998 का जनवरी महीना आ गया। मैं पिछले तीन महीने से बहुत तकलीफ़ में थी, पहले दो महीने रोज़ तीन बजे दोपहर को बुख़ार में तपती रही, फिर रोज़ तीन बजे दोपहर को, रीढ़ की हड्डी में उठते कम्पन से बर्फ़ जैसी ठंडी होने लगी, उस हालत में कई अलौकिक सपने आए, पर जो 8 से 9 जनवरी की रात को देखा, सतिंद्र जी उस सपने को, पहले सपनों की तीसरी कड़ी मानते हैं...

उस रात मैंने कई काल देखे थे...जिस तरह मैंने एक नज्म लिखी थी, "मैं जन्म-जन्म की सुंदरां...जब मेरा नाम सस्सी हुआ, फिर मैं हीर निमाणी हुई, ठीक उसी तरह जिस काल में जो में थी, हर उस काल को देखा। पर सब कुछ इतनी तेज़ी से आंखों के आगे से निकल रहा था, कि कुछ पकड़ में नहीं आ रहा था। सिर्फ़ साहिल-काल को कुछ ठीक तरह से देखा, और यह भी कि मैंने जोगिया रंग की कर्म चादर कंधों पर ली हुई है पर जब अपने ही किसी काल की अपनी सूरत नज़र आई तो मैंने उसे कहा—मेरी हरी चुनरी लौटा दे!

देखा—मैं कुछ ऊंची जगह खड़ी हूं, और वह जो किसी काल की मैं हूं, वह ज़रा नीचे स्थान पर। मैं बड़ी-बड़ी सीढ़ियों की तीसरी या चौथी

सीढ़ी पर खड़ी हुई हूं। वह जो किसी और काल की 'मैं' हूं, उसके गले में हरी चुनरी है, और वह मेरी हरी चुनरी लौटाकर, मुझसे जोगिया चादर ले लेती है...

देखा—मेरे लम्बे-लम्बे बाल हवा में लहरा रहे हैं, और वह हरी चुनरी कंधे पर डालकर मुझे एक सकून-सा आ गया है।

सतिंद्र इस सपने को, तीन कड़ी वाले सपने की तीसरी कड़ी मानते हैं—जो दिसम्बर के आख़िरी हफ़्ते में नहीं, जनवरी के शुरू में आया...

22 फरवरी की दोपहर बाद सतिंद्र जी आए, कहने लगे—"पहला सपना, 19 जुलाई वाला स्थूल काया से सूक्ष्म काया में जाकर यात्रा करने का सीधा संकेत है। मैं अपने सितारों के इल्म से 'बहुत जल्दी' लफ़्ज़ का अर्सा सवा साल मानता हूं। यानी सवा साल के भीतर यह यात्रा मुमकिन होगी...

"दूसरा सपना 13 अक्तूबर वाला, पहले सपने की तस्दीक है—एक पुल तैयार कर रहे हो, इस यात्रा के लिए। स्थूल से सूक्ष्म में जाने का, फिर सूक्ष्म से स्थूल में आने का। जब चाहो।

"और तीसरा सपना कालदर्शी है जिसमें कई पिछले जन्म आंखों के आगे से निकलते हैं, चाहे इतनी तेज़ी से कि बहुत कुछ पहचाना नहीं जा सकता..."

मैंने पूछा—"किसी हरी चुनरी की बात मेरे किसी स्मरण में नहीं थी, फिर मैंने सपने में हरी चुनरी क्यों मांगी?"

वे कहने लगे—"आपने जोगिया रंग की चादर ली हुई थी, जोगिया रंग संन्यास का प्रतीक है—दुनिया से वैराग्य का। आपने वह दे दी, और हरी चुनरी मांग ली। एक संकेत है लाइफ़ स्पैन को मांगने का। हरा रंग, पेड़-पौधों का रंग उगने का प्रतीक है, ज़िंदगी का। हरी चुनरी मांगने का मतलब है, जीने के लिए और समय मांगने का। हरी चुनरी आपको मिल गई, सो जीने का और समय मिल गया..."

मैंने कहा—"यह सारी तशरीह एक अच्छे मनोवैज्ञानिक की तशरीह हो सकती है। पर सितारों के इल्म से इसे कैसे कहोगे?"

सतिंद्र जी कहने लगे—"सितारों के गोचर बनाकर यह बात कर सकता हूं, पर इस तकनीक में जाने की ज़रूरत नहीं है, पर इतना ज़रूर बता देता हूं कि सपनों का रहस्य, हम जन्मकुंडली के बारहवें और पांचवें घर से देखते हैं। चेतन मन की बात पांचवें घर से और अचेतन मन की बात बारहवें घर से। देखना यह होता है कि उस समय कौन-कौन से ग्रह उन घरों को प्रभावित कर रहे हैं..."

गई रात देखा...अपना बिखरा हुआ सामान संभाल रही हूं—कहीं जाना है, पता नहीं कहां...

अगली प्रभात के समय एक गहरा अहसास हुआ—

पहला सपना स्थूल से स्थूल में चले जाने का ज़रूर है, पर फिर से इस स्थूल काया में लौटने का संकेत नहीं...

दूसरा—एक पुल जो मैंने और इमरोज़ ने बनाया है, वह जन्मों का संकेत है, एक जन्म से चले जाने का, और फिर किसी और जन्म में लौटने का...

तीसरा-पिछले कई जन्मों का दिखाई देना—काल-क्रम है। इस जन्म की जोगिया-सी चादर का उतारना इस जन्म की काया का उतारना है। और हरी चुनरी मांगना—अगले जन्म में फिर पनपने-खिलने का संकेत हैं...

सतिंद्र जी जब आए, मैं उनकी सोच में दखलअंदाज़ नहीं होना चाहती थी, इसलिए ख़ामोश रही। वैसे भी हैरान थी कि "पहला सपना 19 जुलाई को आया होगा, दूसरा—दो दिनों के बाद आएगा, तीसरा—दिसम्बर के आख़िर में या दो-चार दिन बाद आएगा।" यह तीन कड़ियों में आए और आने वाले सपनों की तारीख़ें बता सकने का, सतिंद्र जी का इल्म, ज्योतिष के इल्म का कौन-सा पहलू है?

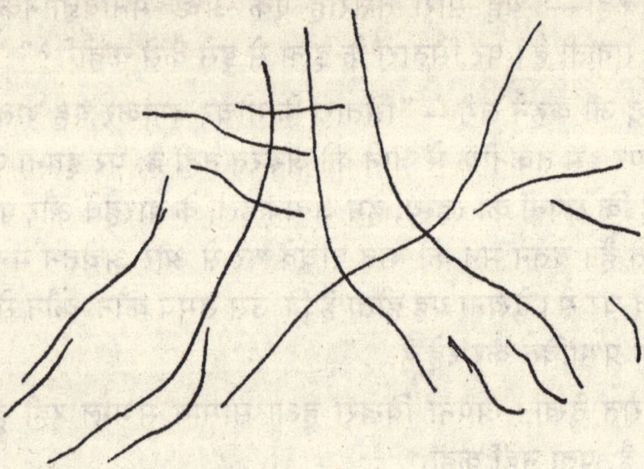

हाथों में पकड़े हुए रहस्य

प्राचीन ग्रंथों में जिस तरह शिव जी के त्रिशूल की व्याख्या मिलती है, कि त्रिशूल की तीन रेखाएं इच्छा-शक्ति और कर्म- शक्ति की प्रतीक हैं—जिसके मुताबिक संकल्प-शक्ति ने ज्ञान- शक्ति की रोशनी में कर्म-क्षेत्र में उतरना होता है—कुछ इसी अंदाज़ में, जब डॉक्टर लक्ष्मीकांत त्रिपाठी से मुलाक़ात हुई तो वे कहने लगे— इंसान के हाथ के अंगूठे की लम्बाई तीन हिस्सों में बंटी हुई होती है— सबसे ऊपर वाला हिस्सा सबसे बड़ा होता है, और वह इच्छा-शक्ति का प्रतीक होता है। दूसरा हिस्सा छोटा होता है, पर उसकी अपनी अहमियत होती है, वह तर्क-शक्ति का प्रतीक होता है, और नीचे का तीसरा हिस्सा प्रेम-शक्ति का क्षेत्र होता हैं—अहसासमंदी की, और दिल वाले लोगों की कुछ थाह देता है...

मैंने हंसकर कहा—हां डॉक्टर साहब! कुदरत ने पता नहीं कौन- कौन-से रहस्य रेखाओं की ज़ुबान पर लिखकर वह काग़ज़ बंदे के हाथ में पकड़ा दिया होता है, पर सवाल तो उस भास के पन्नों को पढ़ने का हैं...

डॉक्टर लक्ष्मीकांत त्रिपाठी जवान उम्र के हैं, पर उनकी गम्भीरता को उनकी जवान उम्र ने अपने में रमा लिया हुआ है। कहने लगे—इस

विज्ञान में हस्तरेखा विज्ञान भी है, अंक विज्ञान भी, लक्षण विज्ञान भी, नक्षत्र विज्ञान भी है

और विज्ञान की बात और गहरे उतरती गई। वे तो बांदा ज़िला के पचनेही गांव से थोड़े दिनों के लिए दिल्ली आए थे, पर उनके दिल्ली वाले मित्र हरिश ठक्कर ने मुझे बताया था कि डॉक्टर लक्ष्मीकांत ने अपनी इस विद्या को गुज़ारे का साधन नहीं बनाया। यह उनकी प्यास है इल्म के लिए कि उन्होंने ज़ेलों में जाकर क़ातिलों के हाथ भी देखे हैं, और कई तरह के मुज़रिमों के भी, इसी तरह उन लोगों के भी, जिन्हें बड़े लोग कहा जाता है...

ख़ैर, मेरी जिज्ञासा ने एक नई करवट ली जब डॉक्टर त्रिपाठी ने कहा—मैं सोचता हूं कि हम सबके जन्म-जन्म का रहस्य नाभि-रेखा में है—जिस दिन मैं उस रेखा को पढ़ पाया, सीधा आपके पास आऊंगा, अपनी प्राप्ति बताने के लिए...और वे कहने लगे—हां, वह अंगूठे वाली बात बीच में रह गई। अगर अंगूठे के ऊपर वाले हिस्से से दूसरा हिस्सा बड़ा हो, तो आदमी तार्किक तो बहुत हो जाता है, पर इच्छा-शक्ति, तर्क के मोह में खो जाती है। वह बातूनी-सा बनकर रह जाता है। उसके तर्क का प्रभाव भी बहुत सामयिक होता है। यह कहा जा सकता है कि वह निरा विवादी होकर रह जाता है...उस स्थिति में कोई-कोई होता है जो सोच-समझ के बल से इच्छापूर्ति का कोई रास्ता तलाश ले...

और अंगूठे के तीसरे हिस्से की बात करते हुए वे कहने लगे—यह क्षेत्र ऊपर वाले दोनों क्षेत्रों से छोटा होता है, इंसान को जज्बात भी देता है, विवेक भी। प्रेम-शक्ति का प्रवाह भी, और संयम भी। पर कई लोग होते हैं, जिनके अंगूठे में यह तीसरा हिस्सा होता ही नहीं। उस हालत में अगर शुक्र क्षेत्र विकसित हो, तो इंसान का वासना पहलू बेलगाम हो जाता है...

कुछ देर बाद वे मेरा बायां हाथ देखकर कहने लगे—हाथ के निचले सिरे पर बहुत स्पष्ट मछली बनी हुई है, इसका मतलब है कि कई तरह की विद्या हासिल करके भी प्यास बनी रहे—ज़िंदगी के पार

देखने की प्रयास भी...

मैं हंस दी तो वे कहने लगे—तक़दीर की रेखा चंद्र क्षेत्र से निकलती है, इसलिए ज़ाहिर है कि ज़िंदगी का संघर्ष, कड़ा संघर्ष रहा होगा।

मैं हंस दी, कहा—हां डॉक्टर साहब! यह ज़िंदगी तो मैंने मौत से उधार ली हुई है

वे कहने लगे—बयालीस साल की उम्र तक तो जीने-मरने की होश नहीं रही होगी, पर उसके बाद क़िस्मत का साथ लिखा हुआ है, ज़रूर मिला होगा।

और फिर वे मेरी तक़दीर की रेखा को गौर से देखकर कहने लगे—यह सीधा शनि पर्वत पर चली गई है। सिर्फ़ पर्वत को दुआ नहीं, पर्वत को चीरकर शनि वाली उंगली में प्रवेश कर गई है...

मैंने पूछा—इसका मतलब?

वे कहने लगे—ठहरो! पहले मैं यह बता दूं कि अगर यह रेखा बृहस्पति के पर्वत की ओर जाती, तो पूरी उम्र किसी ऊंची पदवी के लिए इच्छा बनी रहनी थी। अगर यह रेखा सूर्य पर्वत पर चली जाती, तो सारी उम्र धन की लालसा बनी रहनी थी। और अगर यह रेखा बुध पर्वत पर चली जाती, छोटी उंगली के निचले हिस्से में, तीसरी उम्र यश की इच्छा बनी रहनी थी। पर यह शनि पर्वत पर गई है—जहां, दुनिया की किसी चीज़ की इच्छा नहीं रहती।

जो इच्छा है, वह जन्म से पार देखने की इच्छा है। वह रूहानियत का मुकाम है...किसी के हाथ पर ऐसी रेखा, लाखों में से किसी एक की होती हैं....

मैंने हंसकर पूछा—तो इस इश्क़ के मुकाम ने दुश्मन कितने पैदा किए?

डॉक्टर त्रिपाठी मेरे हाथ पर पड़ी कई रेखाओं को नापते हुए कहने लगे—बहुत सारे गुप्त शत्रु, और कई ज़ाहिरा शत्रु, जिनकी गिनती नहीं

हो सकती...

मेरे होंठों से निकला—हाय अल्लाह! उनसे मुक्ति कभी नहीं मिलेगी?

वे कहने लगे—नहीं। इस जन्म में शत्रुओं से निजात नहीं मिल सकती।

और वे ज़रा-सा ज़ुबान काटकर कहने लगे—कोई घातक वार भी होगा, जिससे बच जाने का संकेत मिलता है।

मेरे एक मेहरबान दोस्त उस दिन पास बैठे हुए थे, डॉक्टर त्रिपाठी ने जब उनका हाथ देखा, कहने लगे—आरम्भिक ज़िंदगी संघर्षशील रही होगी। आगे प्राप्तियों के योग हैं, पर जिस क़द्र विद्या पाई है, उस क़द्र आर्थिक प्राप्ति नहीं हुई। लोगों की हर तरह से मदद करने के लिए आप बहुत अहसासर्मद हैं—इसलिए सामाजिक सफलता बहुत है। घरेलू शांति उस क़द्र नहीं—पर आपने जल्दी ही अध्यात्म की ओर चले जाना है...सेहत का ज़रा ध्यान रखना, दिल की ओर से ख़तरा हो सकता है...

वह मेरे मित्र बहुत तसल्ली से उनकी ओर देखते रहे। मैं बहुत हद तक उनकी शख़्सियत से वाक़िफ़ हूं, इसलिए जानती थी कि ये सारे संकेत ठीक दिशा की ओर जाते हैं...

वह मेरे मित्र कहने लगे—बहुत दिन से मन होता है, सब कुछ त्यागकर कहीं आश्रम बना लूं...

डॉक्टर त्रिपाठी कहने लगे—वह भी बनाओगे। इस समय आपकी पत्नी की सेहत कुछ अच्छी नहीं रहती होगी...

जवाब में मेरे मित्र ने कहा—मेरी पत्नी बहुत अच्छी है। पर अब कुछ सालों से उसकी सेहत ठीक नहीं...

यह सारी ही बातें पते की थीं, सिर्फ़ एक बात थी, जिसे पूछने—बताने का ख़याल नहीं आया था कि डॉ. त्रिपाठी ने कहा—एक क़रीबी

भविष्य में होने वाली घटना की बात भी आपको बता दूं—कि जल्द ही आपके घर में चोरी होगी...

मैं भी चुप रह गई, और वह मेरे मित्र भी हैरान-से डॉ. त्रिपाठी की ओर देखने लगे। बात यह थी कि अभी, कुछ ही दिन हुए, उनके घर से, उनकी अलमारी से, जितना भी सोना था, वह चोरी हो गया था...

हैरान-से वे कहने लगे—मैं मान गया आपके इल्म को। चोरी तो हो चुकी है, अभी-अभी ही और कुछ पता नहीं चल रहा। आपके कियाफे में दो-तीन महीने इधर-उधर हो सकते हैं—इसलिए जल्दी होगी नहीं, अभी-अभी हो चुकी है...

ख़ैर—इस बात ने मुझे भी और मेरे मित्र को भी डॉ. त्रिपाठी के इल्म का मदाह कर दिया, लगा—अगर यह बात बताई जा सकती है, तो सचमुच बहुत कुछ बताया जा सकता है...कुदरत के पता नहीं कौन-कौन से रहस्य किन-किन रास्तों पर बिखरे हुए हैं...और यह हस्तरेखा का इल्म इस तरह है, जैसे क़ुदरत ने सब कुछ लिखकर आपके हाथ में पकड़ा दिया हो...

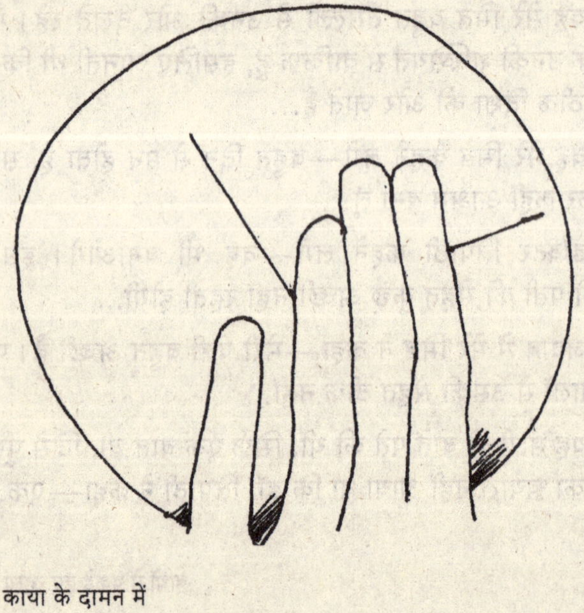

रहस्यमय नाते

बहुत दिनों से सुना हुआ था कि एक हंगेरियन चित्रकार दिल्ली में रहती है। वह कभी जवान उम्र में अपनी मां के साथ इस देश में आई थी और फिर वह दोनों चित्रकार मां-बेटी यहीं रह गईं... मां अब नहीं रही लेकिन बेटी है...

कई बार सोचा भी कि उसके पास जाकर उसके चित्र भी देखूं और उससे कुछ बातें भी करूं, लेकिन ऐसा हुआ नहीं...

अब मेरी बीमारी की हालत में एक पत्रकार ने सरसरी बात की, उस हंगेरियन चित्रकार की, कि उसे जो फ़्लैट नेहरू जी ने ज़िंदगी-भर के लिए दिया था, उसे आज का निज़ाम ख़ाली करवाना चाह रहा है...

और यहां से बात उस रहस्यमयी नाते तक पहुंची जिसने चित्रकार मां-बेटी को भारत आने के लिए कहा...और पता चला कि एक अच्छे पत्रकार श्री आर.के. राजू ने उनकी ज़िंदगी पर किताब भी लिखी है और वो तस्वीरें भी दी हैं जो उस रहस्यमयी नाते की बात करते हैं...

श्री राजू की लिखी किताब का नाम है— 'ए मिस्टिक लिंक विद इंडिया' ...और मैं उसी किताब के सहारे जान पाई हूं कि हंगरी की एक सुंदरी थी एलिज़ाबेथ साज़ ब्रूनर, जो ख़ुद भी चित्रकार थीं और उसने

एक चित्रकार पति चुना था। फिर उनकी बेटी एलिज़ाबेथ ब्रूनर भी जैसे मां से कई जन्मों का रिश्ता ख़ोजकर पैदा हुई...

चित्रकार मां कों कई विज़न आते थे, और एक रहस्यमय आवाज़ भी रात को सुनाई देने लगी—"तुमने जो कुछ यहां पाना था, पा लिया है, अब जिसकी तुम्हें तलाश है, वो तुम्हें भारत में मिलेगा।"

जवान होती बेटी को जब पता चला कि मां भारत चली जाएगी तो उसने मुंह के सारे तार उसके गिर्द लपेट दिए, कहा—मां, मुझे साथ लेकर जाना नहीं तो मैं ये ज़िंदगी छोड़कर चर्च में चली जाऊंगी, नन बन जाऊंगी...

29 मई, 1929 का दिन था जब दोनों चित्रकार मां-बेटी, इटली, लीबिया और इजिप्ट की राह होती हुई भारत के लिए चल दी....

ग़ैबी धागे

बेटी एलिज़ाबेथ का उनन्नीसवां जन्मदिन सिसली में आया। उस रात उसने देखा कि जिस गांव में वो पैदा हुई थी, उसी गांव वाले घर के निचले हिस्से, सैलर में जब वो गई, वहां एक अंधेरें-से कोने में एक सफ़ेद दाढ़ी वाला बुज़ुर्ग बैठा हुआ था, जिसका चेहरा एक नूरानी चेहरा दिखाई दे रहा था। उसके हाथ में एक दीया था, और जब उसने वो दीया एलिज़ाबेथ के बाप को देना चाहा, तब देखा दीये की रौशनी मद्धम होती जा रही थी। एलिज़ाबेथ भागकर उसके पास गई तो दीये की लपट ऊंची होकर जलने लगी। उस बुज़ुर्ग ने वो दीया एलिज़ाबेथ को दे दिया, कहा— "ये रौशनी ले ले इस दुनिया में हर जगह लेकर जाना।"

और इस सपने से जागकर उस रात एलिज़ाबेथ ने जो देखा था, मां को बताया। मां कहने लगी—वो ज़रूर रवींद्रनाथ टेगोर होगा...

दोनों ने कभी टैगोर को देखा हुआ नहीं था, मां ने सिर्फ़ उसका नाम सुना हुआ था। मां ने उसी वक़्त टैगोर को एक चिट्ठी लिखी, लेकिन

वो टैगोर का पता नहीं जानती थीं, इसलिए 'रवींद्रनाथ टैगोर इंडिया' लिखकर चिट्ठी डाक में डाल दी।

क़रीब दो महीने के बाद जवाब आया कि वे दोनों शांतिनिकेतन आ जाएं...

ये शांतिनिकेतन था जहां एलिज़ाबेथ ने टैगोर को पहली बार देखा। देखा कि वही बुज़ुर्ग था जिसने उस रात उसे एक दीया सौंप दिया था।

भारत में मां चित्रकार का पहला चित्र था—शिवा चित्र। वो बड़ी तूफ़ानी रात थी और बड़ी एलिज़ाबेथ सारी रात कमरे में शिवा को चित्रित करती रही।

सुबह होते ही नंदलाल बोस आए, उन्हें टैगोर ने इन दोनों की देखभाल करने को कहा था और उन्होंने जब शिवा चित्र देखा, उनके लफ़्ज़ थे—"मैं सारी उम्र शिवा को चित्रित करने की सोचता रहा, पर नहीं कर पाया, एलिज़ाबेथ! तूने ये कर दिया।"

कहा जाता है कि बड़ी एलिज़ाबेथ ने उस समय जो भी चित्र बनाए—दि गार्डनर, इन दी स्टार्म, सोल ऑफ़ गेंजिज़, मदर इंडिया, इन दी फ़ोरेस्ट, उन सब चित्रों का ताल्लुक टैगोर की शख्सियत से है।

वे दोनों जब बम्बई में थीं एक दिन 1947 में अहमदाबाद से एक औरत आई जिसने छोटी एलिज़ाबेथ को माउंट आबू के एक महात्मा का चित्र बनाने के लिए कहा। लेकिन उसके लॉकेट में महात्मा की जो तस्वीर थी, वो मुश्किल से नाखुन जितनी थी। एलिज़ाबेथ ब्रूनर ने कहा— "इससे चित्र नहीं बना पाऊंगी, अगर कभी मैं उन महात्मा को एक बार देख लूं तो ज़रूर बना सकूंगी।"

दूसरी सुबह जब दोनों मां-बेटी घर से बाहर जाने लगीं तो बेटी के बदन में एक अजीब-सी सुस्ती आई, कहने लगी—वहां नहीं जाऊंगी मैं, सोना चाहती हूं...

वो नींद जाने कैसी थी मुश्किल से आधा घंटा हुआ था कि अचानक एलिज़ाबेथ जग गई और देखा—उसकी कैनवस पर एक महात्मा बैठे थे। वो कैनवस उसके बिस्तर से दो मीटर दूर पड़ी थी। एलिज़ाबेथ हैरानी से देखती रही, फिर उठकर रंग और ब्रुश पकड़ लिए और ज़ी विज़न कैनवस पर अभी भी दिखाई दे रहा था, उसके ऊपर पेंट करने लगी...

मां जब लौटकर आई, चित्र को हैरानी से देखती रही, फिर उसने बेटी से पूछकर चित्र के इर्द-गिर्द कुछ अपनी ओर से चित्रित किया जो एक लैंडस्केप था...

दूसरी सुबह जब अख़बार आई दोनों मां-बेटी अख़बार की ओर देखकर एक-दूसरे को हैरानी से देखने लगीं। अख़बार में ख़बर थी—कि माउंट आबू के महात्मा कल सुबह गुज़र गए...

पहले दिन की सुबह महात्मा के गुज़रने का ठीक वही समय था जब एलिज़ाबेथ को अपनी कैनवस पर उनका विज़न दिखाई दिया था। अख़बार में उनकी तस्वीर भी छपी हुई थी—ठीक उस विज़न जैसी, जो एलिज़ाबेथ को अपनी कैनवस पर दिखाई दिया था...

अख़बार में भी माउंट आबू के महात्मा का नाम नहीं था, न अहमदाबाद से आई उनकी मुरीद ने बताया था, फिर इकतालीस साल के बाद किसी ने वो चित्र देखा और बताया कि ये स्वामी शांति विजय महाराज का चित्र है, जो अठारह सौ नब्बे में इस दुनिया में आए और 1943 में चले गए...

बड़ी एलिज़ाबेथ के पास ज़रूर कोई कायनातीं चेतना थी कि जब उसकी ये बच्ची पैदा हुई थी तो चर्च की ओर से बच्ची का बपतिस्मां दिलाने को कहा गया था। उस वक़्त मां ने कहा था—"नहीं, ये बच्ची जब बड़ी होगी तो अपना मज़हब स्वयं चुनेगी..."

मां-बेटी दोनों पर बोध वृक्ष की एक ग़ैबी छाया थी कि उन्होंने कई चित्र बनाए बोध चिंतन के। कुदरत की और आत्मा की हरियाली को चित्रित करना दोनों के लिए सांस लेने जैसा करम था।

ये छोटी एलिज़ाबेथ है जिसने तिब्बत से दलाई लामा का भारत में आकर पनाह लेने का वाकया, तीन महीने पहले अपने विज़ा में देखा था। लेकिन वो दो सुनहरी पैर थे बर्फ़ में से गुज़रते हुए, कभी-कभी दिशा बदलते हुए, और आख़िर भारत की ओर आते हुए, जिससे कुछ भी अनुमान नहीं लगाया जा सकता था। लेकिन तीन महीने बाद जब तिब्बत से दलाई लामा के ग़ायब होने की ख़बर मिली, तो एलिज़ाबेथ महाबोधी सोसाइटी के सेक्रेटरी से मिली, तिब्बत की तहज़ीब को बचाने के सिलसिले में। फिर पद्मजा नायडू से मिली, जो उस समय बंगाल की गवर्नर थीं। और फिर इंदिरा गांधी को मिलीं जिसने एलिज़ाबेथ को फ़िक्रमंद देखकर कहा— "मैंने आज तक कभी इस तरह प्रार्थना नहीं की जिस तरह दलाई लामा की ख़ैरियत के लिए की है।"

दलाई लामा का ख़ैरियत से भारत में पहुंच जाना ये ख़बर बाद में आई थी...

इसके बाद एलिंज़ाबेथ ने अपने और मां के बनाए हुए बोधी चित्रों की नुमाइश इस तरह की—जैसे वो नुमाइश एक इबादतगाह हो।

श्री राजू का बहुत शुक्रिया करने को मन आता है जिन्होंने दो हंगेरियन चित्रकारों की ज़िंदगी और कला को लेकर, दिलों की और रंगों की गहराई को पकड़ती हुई ये किताब लिखी है...

दामन खिलते हुए फूल

श्री काका मेरे मेघदूत हैं।

वह जो स्थूल काया की सीमा से आगे, कुदरत के शक्तिकणों की बस्तियां हैं, और जो कभी-कभी स्वप्न लीला बनकर मुझे एक झलक-सी दे जाती हैं, वहां कोई पैग़ाम देना हो, वह मेरे वश में नहीं है, लेकिन क़ुदरत की रहमत हुई कि श्री काका मुझे मिले। तब आहिस्ता-आहिस्ता यह रहस्य नुमायां हुआ कि श्री काका अपनी सूक्ष्म काया में अकसर वहां जाते हैं और जब वह मेहरबान हुए तो नीले आकाश में दूधिया बादल की तरह भ्रमण करते हुए, वे कभी-कभी मेरे लिए पैग़ाम भी लाने लगे।

तब मुझे कालिदास याद हो आया, जिसके अंतर में बसे हुए यक्ष को एक मेघ मिल गया था, जो ख़ुदाई मदद-सा एक दूत होकर यक्ष का विलाप बड़े गौर से सुनाता रहा...

वह मेघ अपनी अंतर्चेतना से, सूखी ज़मीन पर बरसता भी था, फूल-पत्तों की सुगंधि लिए जब अंधेरी रात में चलता, तो प्रेम में दीवानी आत्माएं, जो अंधेरे में रास्ता टटोलती मिलती, उनके लिए बिजली की

एक लकीर-सी रास्तों पर छिड़कता भी था, कि वे रास्ता ढूंढ़ सकें...

ये सब अलामतें इतनी शायराना हैं कि नदियां-पर्वत तो इनकी लीला खेलते हैं, लेकिन इंसानी ज़ात में भी ये ज़ाहिरा ज़रूर हो जाएं, यह अकसर नहीं होता। लेकिन श्री काका मिले, तो अहसास हुआ कि कभी-कभी क़ुदरत किसी की स्थूल काया को भी अपना माध्यम बना लेती है...कुछ अपने रहस्य नुमायां करने के लिए...

मैं कह रही थी कि श्री काका मेरे लिए मेघदूत हैं, जो शक्तिकणों की किसी दूर-पार की बस्ती से कभी-कभी कोई हरफ़ मेरे लिए भी ला देते

वे हरफ़, वे रोशनी के कण, किस तरह का आत्मबल बनते हैं, उसे सिर्फ़ अनुभव में उतारा जा सकता है, कहा नहीं जा सकता...

हां, इतना कह सकती हूं कि श्री काका के अस्तित्व का रहस्य तो शायद कोई नहीं पा सकेगा, लेकिन उनकी मेघमाया ने उन सबकी अंतर्चेतना की ज़रखेज़ किया है, जो उनके सम्पर्क में आए हैं, या उनके पास से गुज़रे हैं...

आत्मज्ञान जिसमें भी नुमायां हुआ, वह बुद्ध हों, कृष्ण हों, कबीर हों, वे सब गंगोत्री की तरह जल का स्रोत होते हैं, जिनसे कई नदियां निकलती हैं...और उन सब नदियों से पानी पीनेवाला मेघ, अपने ही रस में किस क़दर संवेदनशील हो सकता है, इसका कुछ अनुमान पाना हो तो वह श्री काका से अनुमान होता है...

वे सचमुच मेघ की तरह मुक्त हैं, सहज हैं, वे दूसरे महात्माओं से इसीलिए अलग हैं...कि उनकी संवेदनशीलता पर्वतों पर भी उसी तरह बरसाती है, जिस तरह उन पर, जो ज़िंदगी की वादियों में मुर्झाए हुए फूलों की तरह होते हैं...

श्री काका ने त्याग लफ़्ज़ के मर्म को पाया है, ज़िंदगी को स्वीकार या अस्वीकार में बांटते नहीं हैं। जानते हैं कि स्वीकार एक बंधन होता है, और अस्वीकार भी बंधन बन जाता है। घर बंधन है तो आश्रम भी एक बंधन है। इसलिए वे दोनों से मुक्त हुए हैं। मैं इसीलिए कह पाई हूं कि उन्होंने त्याग के मर्म को जाना है...

हर मज़हब के जितने भी चिह्न हैं, जिनकी आत्मा के लोग कब से भूल चुके, श्री काका उनकी आत्मा को पहचान कर, हर प्रतीक में इस तरह उतरते हैं, जैसे सब रास्ते उनके पहचाने हुए हों, सब अपने हों...

एक दिन वे गुरु गोविंदसिंह जी के दिए हुए निशान की बात करने लगे, जिसे निशान साहिब कहते हैं। कहने लगे—"देखो बीच में बड़ा-सा खंडा है, और उसके दोनों तरफ छोटी-छोटी दीवारें हैं, जिन्हें मीरी और पीरी के प्रतीक कहा जाता है।"

और श्री काका मुस्कुराकर कहने लगे—"ग़ौर से उस निशान को देखें, तो एक जगह वे दोनों तलवारें आपस में मिलती हैं। ये मीरी और पीरी की तलवारें इडा-पिंगला की प्रतीक हैं। जिनका मिलन होता है तो सुषुम्ना नाड़ी खुलती है। खंडा सुषुम्ना नाड़ी का प्रतीक है।"

मैंने इसे गहराई से पाना चाहा, तो वे कहने लगे—"गुरु गोविंदसिंह जी एक बहुत बड़े योगी थे, वे जानते थे कि इंसान के मस्तक से, भीतर ही भीतर जो अमृत टपकता है, वह नीचे इडा-पिंगला नाड़ियों पर गिरता है। वे दोनों सांस लेने वाली नाड़ियां, सूरज नाड़ी और चंद्र नाड़ी होती हैं। सूरज नाड़ी उस अमृत को सुखा देती है, जिसका सुख इंसान के जिस्म को नहीं मिलता...

और श्री काका कहने लगे—"यह रहस्य है जिसमें योगी लोग अपने शरीर पर बुढ़ापा नहीं आने देते। अमृत को सूरज नाड़ी के सुखा देने से बुढ़ापा आता है। और योगी लोग उसे सूरज नाड़ी तक जाने नहीं देते। वे सूरज नाड़ी और चंद्र नाड़ी को मिलाकर, सुषुम्ना को खोल लेते हैं। गुरु गोविंदसिंह जी ने अमृत पीने का यही रहस्य उन पांच व्यक्तियों

को दिया था, जिन्हें पांच प्यारे कहते हैं। उनकी परीक्षा लेकर देख लिया था कि वे इसे धारण कर पाएंगे।"

मैंने पूछा—और बाद में?

वे कहने लगे—"बाद में स्थूल रूप पर, यह दूसरे लोगों को दिया जाने लगा, जो लोग स्थूल के तल पर पीते हैं, सूक्ष्म को नहीं पा सकते, बाद में उनके लिए एक व्यवस्था कर दी। लेकिन पहले जो पांच थे, वे सूक्ष्म रूप में इसे ले पाए थे। उनकी सुषुम्ना नाड़ी ने अमृत पिया था...

एक दिन श्री काका ने, संध्याकाल की बात की कि सुबह जब सूर्य आने को होता है, और दो वक़्त मिलते हैं, उस वक़्त भी, और शाम जब सूर्य जाने को होता है, और दो वक़्त मिलते हैं, उस समय का ध्यान और समाधि की अवस्था सुषुम्ना को खोलने के लिए मददगार होती है। इसीलिए सुबह-शाम, ध्यान और पूजा का वक़्त कहा जाता है। ये दो समय, सुषुम्ना के खुलने की तैयारी के लिए, मददगार होते हैं, कि वह खुल जाए तो अमृत सीधा उसमें टपके, उस अमृत की शक्ति तन के लिए भी होती है, मन के लिए भी, आत्मा के लिए भी..."

एक बार मेरे कहने पर, इमरोज़ ने ॐ को चित्रित किया। असल में 'मेरे कहने' पर नहीं हुआ था, मैं तो कई दिनों से कह रही थी, कि अचानक एक दिन इमरोज़ रंगों से खेलने लगे। और कई तरह के ॐ काग़ज़ों पर उतरने लगे। यह घड़ी उनके अपने ही अंतर से आई थी।

फिर बहुत से काग़ज़ों में से इमरोज़ ने एक काग़ज़ उठा लिया, जिसे वे भी देखते रह गए, और मैं भी। और इत्तफ़ाक हुआ कि उस दिन श्री काका आए, तो ॐ के चित्र को लेकर उसे देखते-देखते ध्यान में उतर गए।

फिर कुछ देर की ख़ामोशी के बाद बोले—यह ज़रूर किसी शक्ति ने इमरोज़ जी से चित्रित करवाया है, देखिए। यह सिर्फ़ अ का स्थूल हिस्सा है, जो गूढ़े रंग को लिए हुए है। ओ सूक्ष्म काया होता है, और

म कारण शरीर। इमरोज़ जी ने उन्हें हलका-सा रंग दिया है, वह ठीक उनकी अवस्था के मुताबिक है

"और देखिए! ऊपर जो चांद है, जो महाकारण शरीर होता है, वह बहुत ही हलके रंग में है। इतने हलके रंग में, कि बस ज़रा-सा रंग का अहसास होता है...और चांद के ऊपर जो बिंदु है, वह शिव अंश होता है, शक्ति की कामकला, वह सबसे हलके रंग में है..."

फिर ॐ के ध्यान में उतरे हुए श्री काका के होंठ आहिस्ता से हिलते रहे, "निर्गुण, निराकार में ॐ नहीं होता। जब एक रूप से अनेक होने का संकल्प होता है, उसी संकल्प से शिव शक्ति का केंद्र बनता है—बिंदु। उसी संकल्प से वह बिंदु महाकारण में आता है। चंद्र आकार बनता है। फिर जब वह बीज, कारण शरीर में आता है, तो सूक्ष्म तरंगों में फैलता है। फिर उसी का इज़हार स्थूल में आता है, तो उसकी पूरी प्रक्रिया ॐ में होती है..."

अहसास हुआ, जिस वक़्त श्री काका अपने में उतरे हुए, यह सब कह रहे थे, दुनिया-भर के मज़हब और बाबा कहीं सिमटकर खड़े उन्हें देख रहे थे...

किसी फूल के खिलने का क्षण कोई दूसरा नहीं देख पाता, लेकिन जब खिल जाता है, तो सबके सामने होता है। ठीक उसी तरह श्री काका के लिए कहना होगा—कि वह क्षण कौन-सा था, जब उनके अंतर का बीज पनपकर खिल गया था, ये तो कोई नहीं जानता। लेकिन फूल-की तरह खिला हुआ उनका अस्तित्व सब जानते हैं....

एक दिन उसी तरह खिले हुए वे कहने लगे— "इस्लाम का चांद-तारा, वही शक्ति का महाकारण से कारण में उतरने का अमल लिए हुए हैं, जो हज़रत मुहम्मद साहब ने अनंत शक्तियों के द्रष्टा होकर देखा था और वही प्रतीक अपने मुरीदों को दिया। चांद-तारे के ऊपर तुरिया अवस्था

होती है, शून्य की अवस्था, निर्गुण निशकार की अवस्था, जिसे वे मानते हैं..."

मैंने हंसकर पूछा— "और क्रास?"

वे कहने लगे—"क्रॉस की सीधी लकड़ी जो वर्टीकल है, सुषुम्ना की प्रतीक है। तंत्र में तीन शून्य गिने गए हैं। एक अर्धशून्य, जो सहस्त्रार में होता है; एक अधोशून्य, जो मूलाधार में होता है, और मध्यम शून्य हृदय में। शक्ति इन्हीं की यात्रा करती है। इसलिए क्रॉस की सीधी लकीर सुषुम्ना है, शून्य। और दरम्यान में, जो हॉरीजेंटल है, वह हृदय शून्य का निशान है। जीसस को जब सूली दी गई, वे तो महायोगी थे, इसलिए एक बार कहा—"तुम नहीं जानते तुम क्या कर रहे हो" और प्राण को सहस्त्रागार में ले गए थे। उस शून्य में, जहां स्थूल काया हरकत में नहीं रहती। और जब लोग उन्हें मुर्दा समझकर चल दिए थे, तो एक उनकी मुरीद थी, जिसने उनके हाथों-पैरों से कील निकालकर, जिस्म को एक गुफ़ा में रख दिया। तीन दिन के बाद वह उठे, अपने कुछ ख़ास मुरीदों से मिले, लोगों ने उन्हें देखा, और उसे क्राइस्ट का नया जन्म मान लिया। 'क्राइस्ट रीबार्न' का दिन आज भी मनाया जाता है। उसके बाद वे वहां किसी को दिखाई नहीं दिए। वे उस ज़मीन को छोड़कर भारत आ गए थे, कश्मीर में। वे काफ़ी उम्र तक ज़िंदा रहे। कश्मीर में आज भी उनकी क़ब्र मिलती है।"

और श्री काका कहने लगे—"ईसा मसीह एक बार नहीं, दो बार भारत आए थे। एक बार छोटी उम्र में आए, और कई साल रहे। फिर दूसरी बार सूली लगाने के बाद आए, और बाक़ी उम्र कश्मीर में रहे..."

ईसा मसीह क़ब्र से मुझे याद हो आया—सूफ़ी शायर सुल्तान बाहू के क़लाम का एक शेर है, "बाहू, असल फ़क़ीर वे हैं, जिनकी क़ब्र ज़िंदा रहती है" और कहा जाता है कि कुछ मज़ार ऐसे हैं, जिनकी तरंगें, वाइब्रेशंस, कई लोग आज भी महसूस कर सकते हैं। इसी से श्री काका से पूछा—"कई आत्माओं की समाधियां भी ज़रूर होंगी, जिन्हें ज़िंदा स्थान

कहते होंगे?"

वे कहने लगे— "हां, बहुत-सी समाधियां हैं, जो जागृत हैं, ज्ञानेश्वर महाराज की, शिरडी के सांई की, और इसी तरह स्वामी नित्यानंद जी की समाधि भी जागृत है। वृंदावन में स्वामी हरिदास जी की। उन्हें ललिता सखी का अवतार माना जाता है। ललिता सखी, कृष्ण की प्रिय सखी थी। तंत्रशास्त्र में ललिता सखी को त्रिपुरा सुंदरी कहा जाता है..." और वे साथ ही कहने लगे—"जागृत समाधि को समझ लेना चाहिए कि ये उन महापुरुषों की होती हैं, जो लोक-कल्याण के लिए धरती पर आते हैं। और स्थूल काया छोड़ने के बाद वे अपनी दिव्य काया की स्थापना कर जाते हैं। उस दिव्य काया को जो ब्रह्मांड का संदेश मिलता है, वे उसी की किरणें धरती को देते रहते हैं..."

मैंने दिल ही दिल में उन सब मज़ारों और समाधियों को नमस्कार की, जो जागृत हैं, और अपने मेघदूत श्री काका को भी...